KB137109

아프리카계 미국소설과
이산종교

이 저서는 2010년 정부(교육부)의 재원으로 한국연구재단의 지원을 받아
수행된 연구임. (NRF-2010-812-A00234)

African American Novels and Diasporic Religions

아프리카계 미국소설과
이산종교

신진범 지음

도서출판 **동인**

머리말

　필자가 계속해서 아프리카계 미국소설을 읽으며 낯설게 느껴진 점 가운데 하나는 등장인물들의 다양한 신념과 내가 잘 모르는 종교의식이었다. 초기 노예서사부터 현대 작품에 이르기까지 다양한 작가들은 아프리카의 종교와 신념체계가 포함된 이산종교를 작품 속에 꾸준히 등장시켜왔다. 이 책에서는 찰스 체스닛(Charles Chesnutt), 조라 닐 허스턴(Zora Neale Hurston), 글로리아 네일러(Gloria Naylor), 존 에드거 와이드먼(John Edgar Wideman), 이슈마엘 리드(Ishmael Reed), 토니 모리슨(Toni Morrison), 자메이카 킨케이드(Jamaica Kincaid)의 소설 속에 반영된 마법, 부두(Voodoo), 후두(Hoodoo), 신후두 미학(Neo-hoodoo aesthetics), 칸돔블레(Candomble), 오베아(Obeah)의 상관관계를 분석해보았다.

　여러 작가들이 이산종교를 작품 속에 반복해서 산포시키는 이유는 다층적이다. 이산종교는 아프리카에서 여러 신대륙으로 끌려온 노예들의 생존, 봉기, 치유, 애도, 고향, 문화, 한 삭이기, 역사 다시 쓰기, 조상 공경하기, 뿌리 찾기 등과 관련하여 많은 역할을 해왔다. 흑인들은 백인 노예주가 강요하는 기독교를 받아들이면서도 아프리카의 신념체계와 종교 관행을 지속시키고, 전수하는 행위를 통해 자신들의 존재 이유를 찾고, 한을 삭이고 온전한 생존을 추구하였다.

아프리카계 미국소설에서 지속적으로 등장하는 이산종교의 올바른 이해는 그동안 흑인 문화와 문학, 민속, 종교 전반에 걸쳐 식민화와 노예제도의 영속화 등을 위해 드리워진 왜곡되고 부정적인 이미지, 스테레오타입이라는 베일을 걷어내는 역할을 함과 동시에 전 세계에 존재하는 다른 문화, 신념체계, 종교에 대한 상호이해와 공존을 위한 시각을 제공해줄 것으로 여긴다.

인류의 역사는 종교의 대립으로 인해 흘린 피의 역사라고 해도 과언이 아닐 것이다. 현재에도 전 세계적으로 종교 마찰로 많은 곳에서 분쟁과 비극이 발생하고 있다. 흑인소설 속에 끈질기게, 뚜렷한 목적을 가지고 등장하는 다양한 이산종교가 작품에서 어떤 다양한 역할을 하는가에 대한 이 연구가 독자들에게 공존과 공생, 타문화, 타종교에 대한 이해에 도움이 되고 비슷한 후속 연구를 촉발시킬 수 있길 기대해본다.

이 책은 한국연구재단의 '저술성과확산' 사업의 지원을 받고 쓰였다. 과제를 평가하고 건설적인 조언을 해주신 심사위원들과, 필자가 2009년 "미국학 하기연수 프로그램"(SUSI: Study of the

United States Institute)에 참석했을 때 흑인문학에 대해 강의하고 이 연구를 기획하고 있던 필자에게 매럴린 넬슨(Marilyn Nelson)의 『카초이라 이야기들』(*The Cachoeira Tales*)을 자세하게 소개해준 루이빌 대학교(University of Louisville)의 데이비드 앤더슨(David Anderson) 교수께도 감사드린다. 시간과 지면의 제약으로 이번 책에서 칸돔블레와 다른 이산종교 관행을 다룬 넬슨의 작품을 분석하지 못했지만 미국문학에서 시, 드라마 분야에도 이산종교에 대한 언급은 활발하게 이루어지고 있음을 확인할 수 있었다.

이 책의 출판을 선뜻 결정해주신 도서출판 동인의 이성모 사장님과 정성껏 편집 업무를 도와준 민계연 편집자께 감사드리며, 늘 격려와 응원을 보내주시는 아내 윤영미와 아들 신현우에게도 지면을 빌려 사랑과 감사의 말을 전한다.

2015년 2월
청주의 무심천이 내려다보이는 연구실에서
신 진 범

차 례

■ 머리말 ― 5

1 서 론   11

2 마법과 부두교: 찰스 체스닛과 조라 닐 허스턴   31

3 부두교와 후두교: 글로리아 네일러와 존 에드거 와이드먼   61

4 신후두 미학: 이슈마엘 리드   93

5 칸돔블레: 토니 모리슨   125

6 오베아: 자메이카 킨케이드   155

7 결 론   173

■ 참고문헌 ― 181
■ 찾아보기 ― 195

서 론

인류의 역사는 종교의 역사와 함께 이어지고 있다고 해도 과언이 아닐 것이다. 유한한 인간은 죽음을 뛰어 넘어 존재하는 신이 있다고 믿으며, 인간의 이성과 과학으로 이해되지 않는 영역을 다양한 종교와 연결시켜 인간실존의 의미를 찾으며, 다양한 이유로 신앙생활을 하거나 종교에 심취하기도 한다. 김형준은 "2000년 세계 인구 가운데 9억 2천만 명이 종교가 없거나 무신론자인 반면 51억 3천만 명이 종교를 갖고 있다"(253)고 말한다. 종교는 크게 세계종교와 토속종교, 이산종교(diasporic religion) 등으로 분류할 수 있다. 보편종교라고 불리기도 하는 세계종교란 기독교 · 불교 · 유교 ·

힌두교처럼 전 세계에 걸쳐 행해지는 종교이고, 토속종교란 아프리카의 토착종교나 각 지역의 고유한 종교이다. 이산종교는 사람들의 다양한 이산으로 만들어진 종교로 토착종교에 세계종교의 요소가 포함되어 있기도 하고, 토속종교끼리 만나고 섞이면서 새로운 모습과 의례를 가지는 종교를 말한다.

인류가 서로 반목하고 서로를 죽이는 여러 이유 가운데 종교는 가장 무섭고 위험한 이유가 되고 있다. 인류역사상 많은 사람들이 종교가 다르다는 이유로 피를 흘려왔고, 지금도 여전히 비극을 겪고 있다. 인류학자들은 대체로 종교의 다양성을 존중하고 특정 종교에 대한 편견을 불식시키고자 노력해왔다. 그 가운데 한 명인 메리 더글러스(Mary Douglas)는 『순수와 위험』(*Purity and Danger*)에서 "주술에서 종교로, 종교에서 과학으로 인류의 사고 양태가 진화되었다는 프레이저의 가설을 논박한다"(유제분 56). 더글러스는 "종교는 현대화와 더불어 사라지는 것이 아니라 새로운 형태로 일상의 청결 제의로부터 동시대의 민간 종교의 정치적 의식에까지 재출현하는 것이다"(유제분 57)는 자신의 주장을 입증하기 위하여 성서의 「레위기」에서 기피 동물로 정해진 10여 마리의 동물들을 연구한 바 있다.

인류학자들은 종교와 과학의 관계에 대한 진화론자들의 주장을 반박하며 고도로 과학이 발전한 현재에 다양한 종교에 대한 관심이 더 늘어난 것을 지적하며, 세계종교와 다른 종교 사이의 차별성을 강조하지 말아야 한다고 설명한다. 이 책에서 다루어질 흑인들의 이산종교는 한국의 무속신앙과 인류학자인 클리퍼드 거츠(Clifford Geertz)가 연구한 인도네시아의 자바(Java) 농민의 종교와도 공통점을 가지고 있다.

자바 농민의 종교는 동남아시아의 토착적인 애니미즘 위에 이슬람과 힌두교를 씌워놓은 혼합종교여서 힌두교의 신과 여신들, 이슬람교의 선지자와 성인들, 그리고 토착적인 정령과 악령들이 적재적소에 배치되어 조화를 이룬 신화와 의례의 혼합이다(무어 356). 김형준은 거츠가 연구한 인도네시아 발리 섬의 의례에 대해 다음과 같이 말한다.

> 신비적 경험의 양상과 그것이 종교적 믿음에 미치는 영향을 잘 보여주는 한 사례가 거츠가 연구한 인도네시아 발리 섬의 의례이다. 바롱(Barong)과 랑다(Rangda)라는 초자연적 존재 간의 대결을 탈춤으로 형상화한 이 의례는 귀신이 많이 나타난다는 곳에서 행해지며, 의례 참가자와 관중은 모두 마을사람이다. ... 곧이어 신들림 상태에 빠지게 된다고 한다. 단검을 든 남자들 역시 신들림 상태에 빠지는데, 신들림의 상태에서는 자기 몸을 찔러도 아무런 상처도 입지 않는다고 한다. ... 배설물이나 살아 있는 병아리를 먹으며 유리를 씹고 코코넛 껍질을 이빨로 뜯는 등 비정상적인 행동을 한다. (238-40)

거츠가 연구한 바롱과 랑다 의례는 굿을 하며 작두를 타는 한국의 무당의 행동과 비슷하며 이산종교에서 볼 수 있는 신들림 의식과도 비슷하다.

인류학자들은 다양한 문화에 뿌리를 둔 세계 도처에 있는 종교는 고유한 가치를 가지며 사람들을 치유하고 종족이나 부족의 공동체성을 유지하는 데 기여해왔음을 자세한 사례분석을 통해 제시하고 있다. 이 같은 인류학자들의 분석을 토대로 흑인문학에 나타난 이산종교를 읽으면 이산종교를 처음 접했을 때 느껴지는 미신에 대한 강요된 공포와 오랜 시간 동안 우리 앞에 드리워져 있던 획일적인 가치관이라는 베일을 찢고, 있는 그대로의 이산종교를 접할 수 있게 될 것이다.

미국 흑인문학은 아프리카에서 미국으로 노예의 신분으로 끌려온 흑인들의 한과 저항, 온전한 생존을 향한 부단한 노력과 전략, 그리고 생존 수기들이 총 망라된 문학이다. 흑인문학은 아프리카의 고유한 문화, 종교, 신념체계 등과 신대륙에서 그들이 새로 접한 종교, 과학적 지식 등이 모든 것을 녹이는 도가니 속으로 녹아드는 것이 아니라 샐러드나 뒤섞은 오크라(okra)에서처럼 공존하고 생존하는 모습을 다양한 주제와 등장인물을 통해서 보여주고 있다.

흑인문학에서 백인의 종교인 기독교는 양날을 가진 칼과 같은 존재이다. 흑인들은 창세기 10장 1절에 나오는 함(Ham)의 자손들에 비유되어 영원히 백인의 종이 될 운명을 타고난 것처럼 낙인찍

혔다. 또한 과학과 진화론에 힘입은 과학적 인종주의는 제국주의자들의 유색인, 특히 흑인 지배에 대한 타당한 명분을 만드는 데 일조하였다. 이러한 예는 아이티(Haiti)의 역사와 미군의 아이티 점령, 카리브 해 역사를 통해 알 수 있다.

미국 역사책에 각주 한 줄 정도로 언급되는 미군의 아이티 점령은 아이티 독재자의 횡포를 무력화시키고, 미개한 흑인을 개도하고, 부두교(Voodoo)라는 미신을 타파하기 위해 아이티를 오랫동안 점령한 미군을 마치 구원자나 해방자처럼 미화시켰다. 하지만 이 같은 미군의 아이티 점령은 처음부터 종교나 선교, 문명화와는 거리가 먼 것이었다.

미군의 아이티 침략은 아이티의 지정학적 위치, 아이티의 천연자원 약탈 등과 같은 국제적, 경제적 실리와 밀접하게 연관되어 있다. 이는 미군의 아이티 점령을 포함하는 백인 제국주의자들의 침탈과 노예무역의 역사를 거슬러 올라가면 노예제도의 배경에는 어떤 경제적 요소가 있었는지 더 확실하게 알 수 있다.

흑인노예들이 "노예시루"나 "떠 있는 무덤"(위르봉 20)이라고 부른 노예선에서 내리면 백인들은 같은 지역에서 온 노예들을 분산시켰는데, 그 주된 이유는 봉기를 막기 위해서였다. 같은 언어·문화·종교 행위를 하는 종족들이 함께 있을 경우 백인들의 말을 듣지 않고 간혹 봉기를 일으킬 가능성이 있기에, 이들은 다양한 종족의 흑인들을 서로 섞어 놓으면서 흑인들의 "완전한 이산"을 기획하였다.

주인들은 노예들을 농장이나 아틀리에라고 부르는 노동집단, 오두막집에 배치할 때 계획적으로 여러 민족을 뒤섞어놓았다. 결과적으로 노예들은 자신의 가족과 혈통, 조상들에 대한 기억들을 잃어버릴 수밖에 없었다. 게다가 주인이 지켜볼 때를 제외하고는 노예들끼리 모임이나 집회를 가질 수조차 없었다. … 그들에게 허용된 유일한 종교는 흑인매매와 노예제도를 정당화시켜 준 가톨릭뿐이었다. (위르봉 22-3)

특히 가톨릭으로 강제 개종해야 하는 참담함 속에서도 흑인 노예들은 그들의 문화적, 종교적 전통을 되찾으려고 노력했다. 이것은 개인적이면서 동시에 집단적인 그들의 생존력을 보여주었다. 그들은 주인의 시선 밖에서, 교회의 그늘진 곳에서 비밀리에 정기적으로, 초자연적인 힘으로 상징되는 조상의 정령들을 숭배하고, 기도를 올렸다. (가톨릭의 성인과 성체 숭배 의식은 아프리카 신앙을 숨길 수 있는 방패막이가 되어주었다.) (위르봉 28)

백인 제국주의자들의 완전한 이산을 좌절시키는 행동들은 노예제도의 역사와 함께 이어져 왔다. 그 가운데 하나가 흑인들이 "이산종교"를 통하여 치밀한 생존전략을 구사해왔다는 것이다. 이산종교는 아프리카에서 행해지던 토속종교가 흑인들의 강제 이산과 함께 이주하여, 흑인들이 도착하는 여러 장소의 종교나 백인들의 종교와 만나 새로운 형태를 띤 종교를 말한다. 아프리카에서 신대륙으로 끌려온 많은 노예들은 그들이 도착하는 무수한 장소들에서 아프리카에 뿌리를 둔 종교의식을 행하다가 고문을 당하거나 처형되기도 했다. 그래서 동료들의 많은 죽음을 지켜본 노예들은 백인의 눈을 교묘히 속이면서도 자신들의 문화와 종교를 지켜내는 방패막이 같은 방법을 발견할 수밖에 없었다. 그 방법은 바로 아프리카의 신념체계, 종교와 신대륙의 문화, 종교를 혼성화(creolized) 하는 것이었다.

그래서 그들이 도착하는 여러 장소에 부두교, 후두교(Hoodoo), 오베아(Obeah), 산테리아(Santeria), 칸돔블레(Candomble), 마쿰바(Macumba), 샹고(Shango), "쿠바의 루쿠미(Lucumi)"(Pollard 68) 등의 이산종교가 새로 생기게 되었다. 아프리카의 종교와 신대륙의 종교가 만나 새롭고 이중적인 성격이 가미된 이산종교는 흑인들에게 고향과 조상을 상기시키며 보이지 않는 끈으로 흩어진 흑인들을 하나로 묶어주며 흑인들에게 희망과 위안, 소속감을 부여했다.

아프리카에서 신대륙으로 끌려온 흑인들은 그들의 조상들과 영원히 헤어지게 되었고, 세상을 떠난 조상들에게 합당한 애도를 할 수도 고향의 신들에게 기도를 할 수도 없었다. 하지만 그들이 지배자의 종교인 가톨릭을 강제로 접한 후 가톨릭 종교에 위령미사나 다양한 성인들이 있다는 사실을 알고 이를 자신의 조상공경, 이산종교의 신과 연결시키며 생존할 수 있는 힘을 얻을 수 있었다.

이산종교는 현실에도 적극적으로 개입하여 아이티와 미국에서는 노예반란의 정신적 지주와 현실적 무기가 되기도 했으며, 노예반란 중에는 흑인들이 부두교와 연관되는 약초요법을 이용하여 제국주의자들의 병사들을 독살한 경우도 있었다. 위르봉은 주술 때문에 유명해진 탈주노예 지도자 가운데 한 명인 프랑수아 마캉달(François Mackandal)에 대해 다음과 같이 말한다.

> 지도자들 중에서 가장 유명한 프랑수아 마캉달은 1757년 서서히 죽음에 이르게 하는 독약뿐 아니라 '경호인'이란 부적을 만들어 반란노예들에게 배포하여, 식민지 경영자와 행정관에게 공포의 대상이 되었다. 이 부적은 무기로 공격을 당하더라도 상처를 입지 않게 해주며, 백인들에게 가질 수 있는 모든 공포를 제거해준다고 소문이 자자했다. 그 후 '마캉달'이란 말은 생도맹그에서 만들어지는 부적이나 독약을 통칭하는 대명사가 되었다. (40)

이산종교는 더 폭넓은 차원에서 흑인들의 치유와 생존에 관여해왔다. 자신들의 종교와 다른 요소를 가진 이산종교를 경험한 백인 제국주의자들은 자신들이 두려워하거나 결여하고 있는 많은 부분을 이산종교에 투사해 이산종교를 악마의 종교로 평가절하하며 이를 상업과 연결시켜 돈을 벌려고 끊임없는 노력을 해왔다. 이 같은 노력은 아이티의 부두교의 왜곡과 할리우드 영화에서 '좀비'

(zombie)의 반복적인 재현 등을 통해 계속되고 있다.

한국의 경우 일본이 한국을 점령하던 동안, 미신타파운동이라는 이름으로 무속신앙이 갖은 탄압을 받았는데 이 같은 일본정부의 행동은 민족정신을 오염시키고 민중들의 단결의 장이 된 공동체의 문화를 파괴하면서 자신들의 지배를 쉽게 하기 위해서였다. 흑인문학에 투영된 이산종교와 신념체계의 복합적인 관계는 한국문학작품에서도 찾아볼 수 있다. 황석영의 『손님』에 나타난 많은 유령들과 토니 모리슨(Toni Morrison)의 『빌러비드』(*Beloved*)에 등장하는 하나이자 무수히 많은 존재인 빌러비드는 서로 맞닿아 있다. 『빌러비드』에서 여인들이 씻김굿으로 빌러비드를 해원(解冤)의 공간으로 인도하는 장면과 『손님』에서 기독교와 마르크시즘을 "손님"으로 규정하고 한판의 해원굿인 "황해도 진오기굿" 열두 마당으로 화해와 상생을 강조하는 장면은 정통종교 밖으로 밀려난 의식과 신념체계와 토속종교의 가능성을 문학적으로 승화시킨 예라고 할 수 있을 것이다. 신진범은 모리슨과 황석영을 비교한 논문인 「원혼의 해원(解冤): 토니 모리슨의 『빌러비드』와 황석영의 『손님』」에서 세계종교라고 불리는 기독교, 불교 등과 반대편에 서있다고 할 수 있는 토속적인 신념과 종교의 예를 분석하고 있다. 이와 비슷한 주제로 무속과 세계종교인 기독교의 갈등을 다룬 김동리의 『무녀도』와 이슈마엘 리드(Ishmael Reed)의 『멈보 점보』(*Mumbo Jumbo*) 비교연구로도 발전될 수 있을 것이다.

한편 흑인소설가들은 흑인문학사를 통해 처음에는 아주 약하고 낮고 은밀한 목소리로 마법과 주술과 민담을 작품에 소개하여 미국백인출판사의 검열을 통과하고, 백인 독자들의 기호를 충족시킬 수 있는 수준만큼 이산종교를 작품 속에 조금씩 첨가해왔다.

흑인문학의 시초라고 할 수 있는 노예설화에서는 주술, 부두교, 후두교 등의 요소가 거의 전경화(前景化) 되지 않은 상태로 제시되고 있다. 하지만 본격적으로 흑인소설이 시작되는 시점에서 이산종교는 점점 더 분명한 목소리로 여러 작가들의 작품 속에서 변주되어 왔다.

이 책에서 주로 연구될 작가 가운데 한 명인 찰스 체스넛(Charles Chesnutt, 1858-1932)은 이산종교의 초기 모습을 작품 속에 소개한 작가이다. 체스넛은 백인들이 남부문화와 흑인민담에 대해 쓴 낭만적이고 스테레오 타입화된 인물들을 다시 쓴 작가라고 할 수 있다. 하지만 체스넛이 활동하던 시대는 "억눌린 이산종교의 회귀"를 받아들이기에는 아직 성숙한 시대가 아니었다. 그리고 체스넛도 이 사실을 알고 있었다.

체스넛은 『여자 마법사』(The Conjure Woman)를 통해서 뚜렷하게 눈에 보이지는 않지만 알게 모르게 조금씩 이산종교를 작품 속에 기입하면서 자신의 뒤를 잇는 작가들을 위한 길을 닦은 작가라 할 수 있다. 체스넛의 『여자 마법사』를 읽는 독자들은 작품 속 화자가 하는 이야기에 등장하는 민담과 주술, 약초용법, 변신, 유령

등의 이야기를 믿어야 하는지, 아니면 단순한 민담으로 여겨야 하는지 갈등하게 된다. 그리고 다수의 독자들은 신화나 옛 이야기에 나오는 꾸며낸 이야기로 생각하게 된다.

앨리스 워커(Alice Walker, 1944-)에 의해 다시 조명된 흑인문학의 대모 조라 닐 허스턴(Zora Neale Hurston, 1903-1960)은 이산종교와 관련해 흑인소설에서 가장 큰 역할을 한 작가라고 할 수 있다. 허스턴은 인류학자이자 문학가였다. 허스턴이 활동하던 시기에 제약이 굉장히 강하긴 했지만 허스턴은 부두교와 후두교, 흑인민담, 약초용법 등을 녹취하고 연구하기 위해 미국 남부를 비롯한 세계 여러 지역을 여행한 작가이다. 또한 아이티에서는 부두교의 입문 의식을 거행하기도 하였다.

허스턴은 아이티에 있는 동안 흑인문학의 고전이 된 『그들의 눈은 신을 쳐다보고 있었다』(*Their Eyes Were Watching God*)를 집필 하였고, 미국 남부의 민담과 현관 대화(porch talk), 부두교 의식, 르와(Loa), 약초용법, 악보 등을 기록한 『노새들과 인간들』(*Mules and Men*), 『내 말에게 말해라: 아이티와 자메이카의 부두교와 생활상』(*Tell My Horse: Voodoo and Life in Haiti and Jamaica*), 그리고 부두교 주술을 행하는 주술사가 등장한 소설인 『요나의 박넝쿨』(*Jonah's Gourd Vine*)을 집필하였다.

허스턴은 여러 답사와 작품 활동을 통해 부두교와 후두교에 대한 방대한 자료를 집대성하며 이산종교를 전경화시킨 인물이라

할 수 있다. 비록 그녀의 소설에 나타나는 이산종교가 그녀의 뒤를 잇는 여러 작가들만큼 강하지는 않지만, 허스턴이 활동한 시기를 감안한다면 허스턴은 후배 작가들을 위하여 확고한 기반을 닦은 작가라고 할 수 있을 것이다. 또한 허스턴이 소설에서는 주인공의 인물 묘사, 상징 등을 통해 부두교와 후두교적인 요소를 약하게 제공했지만 산문집들을 통해 흑인문학사에 길이 빛나는 민담과 민간종교의식을 기록하여 출판하였기 때문에 이산종교 문학 전통에서는 중요한 인물이라 할 수 있을 것이다.

부두교와 후두교의 두드러진 특징은 기독교 교리에서 볼 수 없는 여러 요소가 있다는 것이다. 먼저 이들 이산종교에는 구약과 원죄를 상기시키는 엄격함이 없는 대신에 자연친화적인 요소들이 지배적이다. 또한 기독교에서 강조하는 금욕이나 참회에 대한 강요가 없고, 특히 종교모임에서 여성들의 역할이 차이를 보인다는 것이다. 기독교 문화권에서 여성들은 뱀의 유혹에 넘어가 아담의 인생을 뒤바꾼 이브의 후손들로 존재하기에 성서에서나 교회 의식에서 적극성을 결여한다. 하지만 부두교나 후두교의 경우 여성들은 여러 의식에서 중심적인 위치를 차지하여 남성들과 어깨를 나란히 겨루기도 한다. 이 책에서 살펴볼 여러 작품 속에서도 주도적이고 강력한 주술사로 등장하는 사람들은 여성 주술사들이다.

글로리아 네일러(Gloria Naylor, 1950-)는 『마마 데이』(*Mama Day*)에서 체스넛의 여자마법사가 다시 부활한 듯한 인물을 등장시키고 있으며, 네일러의 소설에서는 허스턴의 여러 작품에 나오는 요소들이 당연하고 당당하게 제시되고 있다. 특히 네일러의 작품에서 기독교와 부두교는 서로 대립적인 종교로 등장하지 않고 공존하는 것으로 등장하고 있다.

네일러의 『마마 데이』의 중심 등장인물인 사피라 웨이드(Sapphira Wade)는 백인농장주이자 남편이었던 배스쿰 웨이드(Bascombe Wade)를 독살하고 자식들을 해방시킨 여성 주술사로 등장한다. 이산종교의 여러 역할이 사피라를 통해서 투영되고 있는 것이다. 사피라와 그녀의 후손인 마마 데이는 여러 주술과 기적을 거리낌 없이 행하는 인물이지만 신의 영역을 넘어서지 않은 인물로 등장한다. 한편 네일러는 다양한 마법사들을 등장시켜 부두교나 후두교의 주술사들도 저마다 차이가 있다는 사실을 분명하게 하고 있다.

이산종교가 여성들과 관련이 더 많다는 점은 앞에서도 지적했지만,[1] 이산종교는 작가의 성별과 상관없이 흑인 선조의 문화와 연

---

1) 인터넷 저널인 『여성 작가들』(*Women Writers*)은 2008년 8월호 특집호의 제목을 "신령 섬기기: 문학과 대중문화 속의 여성과 부두교"("Serving The Spirits: Women & Voodoo in Literature and Popular Culture")로 정하고 논문, 인터뷰, 서평, 영화평 등을 수록하였는데 특집호에 게재된 논문 제목은 다음과 같다. 「목소리에 반대하는 목소리: 보두, 정신분석 그리고 조라 닐 허스턴」("The Voice Against the Voice: Vodou, Psychoanalysis and Zora Neale Hurston"), 「부두교를 듣고, 쓰고, 읽기: 주웰 파커 로드즈의 『부두교 꿈들』과 『부두교의 계절』에 나타난 문화적 기억」("Hearing, Writing, and Reading Voodoo: Cultural Memory in Jewell Parker Rhodes's *Voodoo Dreams* and *Voodoo Season*"), 「조라 닐 허스턴

결, 접촉, 결속을 다루고 있기에 남성작가들도 이 주제에 계속적으로 천착해왔다. 부두교와 후두교적 내용을 작품에 은밀하게 침투시킨 체스넛을 필두로 존 에드거 와이드먼(John Edgar Wideman, 1941-)과 이슈마엘 리드(Ishmael Reed, 1938-)는 더욱 분명한 어조로 부두교와 후두교를 작품 속에 끌어들인다. 그들의 소설 제목이 『담발라』(Damballah)와 『멈보 점보』(Mumbo Jumbo)라는 사실은 그들의 거리낌 없는 태도를 강하게 보여주는 것이다.

와이드먼은 『담발라』에 수록된 첫 단편인 「담발라」에서 백인 노예주의 종교 강요에 자신의 목숨을 걸고 저항하다 살해당하는 주인공과 이 주인공의 행동을 지켜보던 어떤 소년이 살해당한 사람의

의 『내 말에게 말하라』에 나타난 역할 연기로서의 의식들」("Rites as Role Playing in Zora Neale Hurston's *Tell My Horse*"), 「피부색에 의한 타락: 마리즈 꽁데의 『나, 티튜바, 세일럼의 검은 피부 마녀』에 나타난 인종차별주의자, 여성차별주의자의 견해」("Corrupted by Skin Color: Racist and Misogynist Perceptions of Hoodoo in Maryse Condé's *I, Tituba, Black Witch of Salem*"), 「후두교 여성들과 고위 마술사: 오래된 원형의 새로운 경향들」("Hoodoo Ladies and High Conjurers: New Directions for an Old Archetype"), 「조라 닐 허스턴의 『그들의 눈은 신을 쳐다보고 있었다』에 나타난 부두교 이미지와 현대 신화, 여성의 권한 부여」("Voodoo Imagery, Modern Mythology and Female Empowerment in Zora Neale Hurston's *Their Eyes Were Watching God*"), 「영적 능력이 있는 여성들: 주웰 파커 로드즈의 『부두교 꿈들』과 토니 모리슨의 『솔로몬의 노래』에 나타난 마법과 여성의 권한 부여」("Spirited Women: Conjure and Female Empowerment in Jewell Parker Rhodes' *Voodoo Dreams* and Toni Morrison's *Song of Solomon*"), 「낼로 홉킨슨의 『링 안의 갈색 소녀』에 나타난 아프로-카리브계 보둔과 사변소설」("Afro-Carribean Voudun and Speculative Fiction in Nalo Hopkinson's *Brown Girl in the Ring*.") 그 밖에 자세한 내용은 http://www.womenwriters.net/aug08/index.html을 참고할 것.

종교의식을 재연하는 장면을 통해 백인지배 계급의 이산종교 말살과 그 같은 끊임없는 탄압에도 끈질기게 이어지는 이산종교의 생명력을 보여주고 있다.

리드는 오랫동안 부두교를 연구한 작가로 미군의 아이티 침공에 대해 강력히 고발한 몇 안 되는 미국작가들 가운데 한 명이며 후두교를 미학에 접목시켜 신후두 미학과 다문화주의를 주창하는 작가이다. 그는 『멈보 점보』에서 인류 역사와 함께해온 인종차별의 근원을 되짚어보고 있다. 또한 리드는 아이티를 점령한 미국 해군의 이야기, 오시리스(Osiris)와 세트(Set)의 이야기, 모세, 하딩 등 많은 등장인물과 역사적 사실 등을 작품 속에 포함시키고 있으며, 부두교의 또 다른 영향력인 '저스 그루'(Jes Grew)라는 가상의 전염병이 미국을 덮치는 상황을 탐정소설의 기법으로 서술하고 있다. 특히 리드는 이 작품에서 재즈와 춤과 같은 미국흑인의 표현문화와 이산종교의 관련성을 세밀하게 추적하고 있으며 후두교의 주술사 같은 주인공을 탐정으로 등장시켜 획일성을 만들어온 인류의 역사를 조사하게 한다.

리드의 『캐나다로의 탈주』(*Flight to Canada*)는 미국 문학정전에 진지한 말 걸기나 따지기를 하는 작품으로 리드는 『톰 아저씨의 오두막』(*Uncle Tom's Cabin*)을 쓴 해리엇 비처 스토(Harriet Beecher Stowe)의 표절을 부두교와 연결시키고 있다. 리드는 스토가 조사이어 헨슨(Josiah Henson)의 노예서사인 『예전에 노예였던 조사이어 헨슨의 삶』(*The Life of Josiah Henson: Formerly A Slave*, 1849)을 표절했다고 생각하고, 부두교의 조롱의 르와(신)인 구에데(Guede)를 작품 속에 등장시켜 이를 비판하고 있다. 리드는 자신의 작품에 스토를 직접 등장시키면서 스토의 소설과 정반대로 끝나는 작품을 쓰면서 훼손되고 평가절하당한 헨슨의 삶을 복원시키고 모든 것을 기독교와 연결시키는 스토의 소설을 부두교적 관점으로 다시 쓰고 있다.

1993년 노벨 문학상을 받은 모리슨은 소설에 후두교와 칸돔블레 의식을 소개하여 이산종교 미학을 전 세계에 소개하는 역할을 하고 있으며 모리슨의 작품 속에 등장하는 영지주의와 관련된 요소는 정통으로 인정받는 기독교를 의미화하는 역할을 한다. 현재 모리슨의 소설들은 세계 많은 나라에 번역되어 활발히 연구되고 있는데 한국의 경우『고향』(Home)을 제외한 모든 작품이 들녘출판사와 문학동네를 통해 번역, 출판되었다.

모리슨은 여러 인터뷰를 통해 백인들이 비하하는 미신과 같은 요소들이 자신의 작품에서는 소중하게 다루어져 왔다고 말한바 있다. 모리슨은『솔로몬의 노래』(Song of Solomon)에 등장하는 배꼽이 없는 파일럿(Pilate)을 통해 후두교 주술을 행하는 여자 주술사를 등장시킨다. 파일럿은 아기가 없어서 결혼생활의 의미를 찾지 못하는 루스(Ruth)를 위해 비밀 약을 만들기도 하고 부두교에서 사용되는 인형을 동원하여 아기를 낙태시키려고 하는 메이컨 데드(Macon Dead)의 거듭되는 시도를 무효화시킨다.

모리슨은『낙원』(*Paradise*)을 통해 또 다른 이산종교인 칸돔블레를 집중적으로 다루고 있다. 수녀원에 있는 여성들이 세일럼의 마녀사냥과 비슷한 일을 당한 것처럼 등장하는 이 작품에서 모리슨은 수녀원에 사는 콘솔라타(Consolata)가 칸돔블레 의식으로 수녀원 여성들의 상흔을 치유하는 장면을 통해 이산종교의 치유력을 강조한다. 콘솔라타는 브라질에서 선교활동을 하던 성심 수녀회 수녀들에 의해 길거리에서 방치된 상태에서 발견되어 미국으로 오게 되었다. 콘솔라타는 아프리카에서 브라질로, 그리고 브라질에서 미국으로, 두 번의 이산을 겪었지만 자신의 과거와 전통과 접촉해서 연결되는 인물로 등장한다.

모리슨은 리드가『멈보 점보』에서 서로 떨어져 있던 주술 능력을 가진 사람들의 협력을 통한 상생을 강조하듯, 루비(Ruby) 공동체의 론(Lone)과 수녀원에 있는 콘솔라타의 협력에 주목하고, 론이 콘솔라타를 입문시키는 과정을 보여줌과 동시에 작품의 결말에서 피에타를 다양한 요소와 연결시켜 새로운 피에타를 소개하고 있다.

이 책에서 마지막으로 다룰 자메이카 킨케이드(Jamaica Kincaid)의『강바닥에서』(*At the Bottom of the River*)는 국내에서 아직 활발하게 연구되지 않고 있는 작품이다. 영문학에서 오베아가 직접 등장한 경우는 진 리스(Jean Rhys, 1890-1979)의『드넓은 사르가소 바다』(*Wide Sargasso Sea*)가 있다. 오베아는 백인의 압제를 무효화시키는 주술 등으로도 사용되지만 동물들의 변신과 관련된 다양한 이야기를 포함하고 있다. 이 작품에서는 주인공이 오베아의 전통을 어떻게 받아들이는지, 그리고 주인공의 가족들이 오베아와 어떤 연관을 맺고 있는지에 대해서 살펴볼 예정이다. 킨케이드는 자신의 작품에서 카리브 해 지역의 도미니카에서 주로 믿는 민간신앙에 나오는 "재블리세"(jablesse)에 대해 언급하는데 주인공을 포함한 등장인물들은 재블리세에 대해 무서워하기도 한다. 재블리세 외에도 킨케이드의 작품 속에 자주 등장하는 원숭이와 뱀은 부두교와 관련하여 다양한 의미를 파생시키고 있다.

지금까지 간략하게 살펴본 미국 흑인소설가와 그들의 작품 속에 나타나는 다양한 이산종교의 역할 외에도 각각의 이산종교의 차이점과 공통점은 이산종교의 역할을 더 뚜렷하게 만드는 요소로 작용한다. 흑인문학에 나타난 이산종교는 세계도처에 흩어진 흑인음악과 춤이 다른 것처럼 해당 지역의 기후나 현실에 따라서 조금씩 차이를 보이고 있다. 먼저 부두교의 경우 복잡한 아이티의 역사를 거치면서 저항적인 면모가 두드러진다. 후두교는 부두교가 미국으로 건너오면서 약간 변한 종교로 특히 뉴올리언스(New Orleans)를 중심으로 미국화된 이산종교이다. 후두교는 미국 인디언의 문화와도 뒤섞인 양상을 보이며 블루스 노래에서도 자주 언급된다.

모리슨이 작품 속에 선보이는 칸돔블레는 브라질의 북동부 지역에 있는 페르남부쿠 주와 세르지피 주, 바이아 주에 거주하는 아프리카 출신 흑인들이 주로 믿는다. 브라질에서 널리 전파된 아프리카 민속종교로 아프리카 동부에 거주하는 반투 족과 나이지리아 남부 기니 만에 사는 요루바(Yoruba) 족의 종교에 기반을 두었다. 올로룸(Olorum)이라는 절대자를 믿고 오릭사스(Orixas)라고 부르는 여러 신을 숭배한다. 건강과 병의 신으로 성 라자로와 관련 있는 '오물루'를 비롯해 바다의 여신으로 동정녀 마리아와 관련 있는 '이에만자', 사랑과 죽음의 여신으로 성녀 '바르바라'와 관련 있는 '이안사' 등의 칸돔블레 신들은 가톨릭 성인들과 관련되어 있어 축제도 가톨릭 축일과 거의 일치한다. 브라질에서 열리는 큰 축제는 칸돔블레 신들과 깊이 연관되어 있다(네이버 백과사전).

한편 킨케이드의 작품 속에 등장하는 오베아는 "아샨티어로 무당을 일컫는 단어인데 병을 치료하고 행운과 재물을 얻기 위해 행하는 여러 종류의 주술적 행위 및 그것에 종사하는 사람을 통칭하는 말이었다"(류대영 131).

이 저서에 등장하는 다양한 이산종교의 공통점은 이들 이산종교가 흑인들의 생존과 치유에 적극적으로 관여하고 있다는 점과 고향인 모국과 새로 도착한 여러 장소를 이어주는 가상의 "탯줄"의 역할도 하면서 모국의 문화와 전통을 담고 있는 저수지의 역할을 하고 있다는 것이다. 양식과 상징, 춤과 의식의 일부가 조금씩 다르지만 세계종교라 할 수 있는 기독교, 유교, 불교, 힌두교가 관여하지 못하는 부분들을 포함해서 흑인의 생존에 지속적으로 관여하고 있는 것이 이들 이산종교의 공통점이라 할 것이다.

　마지막으로 살펴볼 내용은 이들 종교와 작가의 작품들이 어떤 유기적인 관계를 갖고 있는지에 대한 고찰이다. 이 문제는 흑인문학의 전통인 "개작"(revision)과 "부름과 응답"(call and response)이라는 관계로 설명할 수 있을 것이다. 흑인문학의 전통은 선배들의 작품과 백인들의 작품을 끊임없이 개작하며 시대에 맞는 생존전략과 지혜를 제공하여 왔다. 또한 백인작가나 선배 흑인작가의 부름에 응답해 후배 작가들은 끊임없이 비슷한 주제를 변주하면서 과거의 문학작품을 올바르게 하고 다시 쓰는 작업을 해왔다. 리드의 『캐나다로의 탈주』와 같은 작품은 그러한 전통의 훌륭한 예로 제시될 수 있을 것이다.

　이 책의 마지막 부분은 이번 연구에서 다룬 작가들이 어떤 목적으로 어떤 방법을 동원하여 이산종교를 작품 속에서 기입하였는지 큰 특징에 대해서 개략한 후, 후속 연구를 파생시킬 수 있는 새로운 작가들을 언급하는 것이 될 것이다.

2

마법과 부두교:
찰스 체스닛과 조라 닐 허스턴

베냉 지역에서 사용되는 퐁족의 언어 중 '보둔'(vodun)은 언제
라도 인간사회에 개입할 수 있는 보이지 않는 무섭고 신비한
힘을 의미한다. 신세계로 끌려온 수백만 명의 흑인 노예들은
다양한 형태와 갖가지 이름을 가진 아프리카의 신앙과 의식을
아메리카 대륙으로 가지고 왔다. 브라질의 '캉동블레', 쿠바의
'산테리아', 자메이카의 '오베아이슨', 트리니다드의 '샹고 의식',
아이티의 '보두'가 그것이다. (위르봉 13)

『흑인의 마술: 종교와 아프리카계 미국인의 주술 전통』(*Black
Magic: Religion and the African American Conjuring Tradition*)에서

이본 치리우(Yvonne P. Chireau)는 아프리카계 미국인의 이산종교는 그들의 삶에 다양한 역할을 한다고 강조하며 "마법이 노예들의 저항 수단"이 되었고 "초자연적인 힘은 약자의 무기가 되었다"고 말한다(154). 아프리카계 미국소설가 중 체스넛, 허스턴, 리드, 네일러, 모리슨, 와이드먼, 그리고 킨케이드는 아프리카에서 파생한 종교가 신세계의 백인종교와 섞이면서 변화한 부두교, 후두교, 칸돔블레, 오베아와 관련된 작품을 써왔다.

　　이들 작가가 이런 이산종교들을 작품 속에 끌어들이는 이유는 다양하다. 억눌린 이산종교에 대한 다양한 해석은 마가라이트 페르난데즈 올모스(Margarite Fernandez Olmos)와 리자베스 패러비시니-기버트(Lizabeth Paravisini-Gebert)가 공동 편집한 『신성한 신들림: 보두, 산테리아, 오베아, 그리고 카리브 해』(*Sacred Possessions: Vodou, Santeria, Obeah, and the Caribbean*)에 소개되어 있다. 영국소설의 경우 진 리스(Jean Rhys)의 『드넓은 사가소 바다』(*Wide Sargasso Sea*)에서 오베아(Obeah)로 등장한다. 올모스와 패러비시니-기버트의 책 가운데 일레인 세이버리(Elaine Savory)가 쓴 「"인간이라는 또 다른 가련한 악마..." : 진 리스와 오베아로써의 소설」("Another Poor Devil of a Human Being ...": Jean Rhys and the Novel as Obeah")(216-230)은 소설에 등장하는 오베아를 중심으로 연구한 논문이다.

　　이런 이산종교는 백인제국주의자들의 다양한 이해관계에 의해 오랫동안 차별과 오해를 받았으며 가치 없는 미신으로 평가절하 당하고 왜곡 당해왔으며 문화상품으로 과대포장 되었다. 이 같은 예는 미군의 아이티 점령시기 전후로 하여 나타난 문학작품, 광고, 영화, 포스터 등에 부두교의 의식과 좀비에 대한 과장된 묘사에서 볼 수 있다. 메리 A. 렌다(Mary A. Renda)는『아이티 차지하기: 1915-1940년의 미국제국주의의 군사점령 및 문화』(*Taking Haiti: Military Occupation & Culture of U. S. Imperialism 1915-1940*)에서 아이티는 "미국인의 두려움과 욕망의 투사물이며 팔아먹기에 적합한 상품으로"(228) 전락했다고 강조하며 그런 맥락에서 유진 오닐(Eugene O'Neill)의『황제 존스』(*The Emperor Jones*)를 분석하고 있다. 아이티에서는 부두교가 미신으로 여겨져 "되풀이된 미신타파운동 기간 (1864, 1896, 1912, 1925-1930, 1940-1941)" 동안 끊임없이 탄압을 받았는데 제국주의자들은 자신들의 "종교체계의 위계질서 개념에 몰두해 자신들의 종교가 억압하는 것을 부두교에 투영"(위르봉 57, 63)시키며 아이티의 혼과 민중들의 저항정신이 깃든 부두교를 탄압하였다.

그래서 과거 한때 이런 종교들은 지구상에서 사라질 운명을 맞기도 하였다. 하지만 일군의 아프리카계 미국작가들은 계속해서 그들의 억눌린 종교와 문화를 작품 속에서 재기입하며 이를 문학작품의 중요한 주제로 다루고 있다. 신시아 S. 해밀턴(Cynthia S. Hamilton)은 이 책에서 다루고 있지 않은 노예설화에 나타난 초자연적인 존재를 연구하는 글에서 "초자연적인 현상은 놀랄 만큼 규칙적으로 점쟁이(웰스 브라운Wells Brown), 마술사(빕Bibb), 유령(그라임스Grimes, 노섭Northup) 그리고 환영(소저너 트루스Sojourner Truth)의 형태로 노예 설화에 불쑥 등장한다."(440)라고 말한다.

"흑인의 생활감정을 작품화하는 데 있어 낭만의 요소를 버리고 리얼리즘의 요소를 그대로 사용한 작가"(김병철 208)인 체스닛의 『여자 마법사』(*The Conjure Woman*, 1899)를 읽는 독자들은 이 작품에 등장하는 마법과 등장인물들의 변신에 대해 혼란을 느끼게 된다. 마법과 관련된 이야기들은 독자들의 상상력을 고무시키지만 독자들은 왜 체스닛이 이런 종류의 소재를 소개하는가에 대해서 궁금증을 느끼며 이 소설에 등장하는 내용을 어디까지 믿어야 하는지에 대해 의문을 가지게 된다. 체스닛의 『여자 마법사』는 과거에 노예였던 흑인 엉클 줄리어스(Uncle Julius)가 북부에서 온 백인부부인 존(John)과 애니(Annie)의 일을 도와주며 그들에게 마법에 관련된 노예시절 이야기를 들려주는 내용을 골자로 하고 있으며, 자유와 생존 그리고 인종차별의 해악을 무마하기 위해 마법의 힘을 빌렸던 노예들의 처절한 삶을 다루고 있다. 체스닛은 이 작품에서 노예와 아프리카계 미국인의 삶의 일부가 되어 버린 민담을 토대로 노예들의 희로애락과 생존과 죽음을 증언하고 있다. 하지만 이 작품에 등장하는 마법과 관련된 이야기는 작품의 현재가 되는 시점에서도 여전히 그 영향력을 미치고 있다. 천승걸 교수는 『여자 마법사』에 대해 다음과 같이 말한다.

> The Conjure Woman을 통해서 보이는 folk tradition이다.
> Chesnutt는 folk tale의 형식을 빌려서 흑인의 원색적인 삶의 정
> 신과 그 신비를 근원적으로 탐험함으로써 Zora Neale Hurston,
> Ishmael Reed로 이어지는 흑인 문학의 folk tradition을 확립하
> 는데 ... (135-6)

『여자 마법사』에서 민담과 관련하여 단연 돋보이는 인물은 어
리석게 보이면서도 무심하게 마법과 요술에 대한 이야기를 하고,
이를 현실에서 실질적인 이득과 연결시키는 줄리어스이다. 윌리 캐
시(Wiley Cash)는 1899년 판 『여자 마법사』의 표지와 줄리어스의
관계에 대해 "엉클 줄리어스 맥아두 옆에는 귀가 약간 힘이 없어
보이는 흰 토끼가 서 있다. 농장 민담에 등장하는 줄리어스의 책략
을 위장하는 능력과 그의 기지를 고려해볼 때 아프리카의 트릭스터
형상인 토끼가 줄리어스 옆에 나란하게 있는 것은 놀랄만한 일이
아니다."(184)라고 말한다. 체스넛은 줄리어스의 인물 묘사를 하면
서 그의 트릭스터(trickster)적인 특성을 다음과 같이 부각시킨다.

> 그는 완전히 피부색이 검지는 않았다. 그리고 그의 머리카락은
> 꼭대기 부분을 제외하고는 무성했으며 15센티미터 정도로 길
> 었는데 이런 점들이 흑인의 혈통과는 약간 다른 종류의 혈통이

그의 피에 섞여 있다는 점을 암시해주고 있었다. 그의 눈에도 전적으로 아프리카 사람의 기민함은 아닌 영민함이 보였는데 나중에 우리가 알게 되듯 그의 눈에 비친 영민함은 그의 인격에 스민 기민함을 나타내는 것이었다. (9-10)

체스넛은 혼혈의 줄리어스를 "기민함"(shrewdness)이라는 단어로 설명하는데, 이런 트릭스터와 같은 인물들은 이전의 백인작가나 흑인작가의 작품에서는 찾아볼 수 없는 인물이었다. 체스넛은 낭만적인 환상과는 거리를 두면서 선례와의 단절을 실천한 작가로, 이전의 작품에서 볼 수 있었던 행복해하는 노예나 미국남부와 노예제에 대한 낭만적 관점을 폐기한 작가이다. 조셉 처치(Joseph Church)는 체스넛 이전에 작품 활동을 한 조엘 챈들러 해리스(Joel Chandler Harris)의 작품 속에 등장하는 엉클 리머스(Uncle Remus)와 체스넛의 엉클 줄리어스를 다음과 같이 비교한다.

체스넛은 할아버지뻘인 리머스를 약삭빠른 줄리어스로 변모시키고 해리스의 매력적인 동물우화를 노예주, 노예, 마법사들의 생사와 관련된 애절하고 초자연적인 "마법" 이야기로 대체시킨다. (123)

이 작품에 등장하는 여러 마법사 가운데 가장 강력한 주술을 행하는 사람은 바로 앤트 페기(Aun' Peggy)이다. 체스넛은 페기의 주술에 대하여 다음과 같이 적고 있다.

> 페기는 포도나무 사이를 걸었다. 그리고 포도나무 한 그루에서
> 나뭇잎 하나, 다른 나무에서 껍질 한 개, 가까이 있는 나무에서
> 잔가지 한 개, 멀리 있는 나무에서 소량의 흙을 모았고, 뱀 이
> 빨 한 개, 소량의 암탉 쓸개즙, 검은고양이 꼬리에서 뽑은 털
> 몇 개를 커다란 검은 병에 넣고 포도주를 부었다. 그녀는 주술
> 에 쓰이는 약제의 준비가 다 되자 그것을 가지고 숲으로 가서
> 붉은 떡갈나무 뿌리 부근에 묻고 돌아와 흑인들 가운데 한 명
> 에게 포도나무에 주술을 걸었는데 포도를 먹는 모든 흑인은 몇
> 달 안에 반드시 죽는다고 말했다. (16)

『여자 마법사』는 「마법에 걸린 포도나무」("The Goophered
Grapevine"), 「불쌍한 샌디」("Po' Sandy"), 「노예주 짐의 악몽」
("Mars Jeems's Nightmare"), 「마법사의 복수」("The Conjurer's
Revenge"), 「베키 자매의 아이」("Sis' Becky's Pickaninny"), 「회색
늑대의 유령」("The Gray Wolf's Ha'nt"), 「깡충 발 한니발」("Hot-foot
Hannibal")라는 7개의 단편으로 이루어진 작품으로 거의 모든 작품
에 주술사가 등장하여 흑인이나 백인에게 주술을 거는 내용으로 되
어 있다. 체스넛은 이들 단편에 대해 "이 가운데 일부 이야기는 이
상하게 익살스럽지만 다른 이야기들은 아주 엉뚱해서 흑인의 상상
력을 동양적인 형태로 드러내는 것이다. 반면에 일부 작품들은 북

부에서 자란 한 여성의 동정적인 귓속으로 거침없이 흘러들어가는 이야기로 노예제도의 더 어두운 면이라 할 수 있는 많은 비극적 사건을 폭로하는 이야기다"(40-1)라고 설명하고 있다.

이 작품에서 주술은 가혹한 노예제도의 해악과 긴밀하게 연결되어 있다. 이 작품에서 주술사들은 다양한 이유로 주술을 행하는데 그들이 주술을 행하는 이유는 몇 가지로 요약될 수 있다. 첫 번째는 백인 농장주의 이득을 위해서 어쩔 수 없이 주술을 행하는 것이고, 둘째로는 자신이 다른 곳으로 팔려가지 못하게 하거나 가족들 간의 생이별을 막아내기 위해서 주술을 행하는 것이고, 셋째로는 복수와 생존을 하기 위해 주술을 행하는 것이다.

『여자 마법사』가운데「불쌍한 샌디」("Po' Sandy")는 농장주로부터 남편을 지키기 위해 남편을 소나무로 변신시킨 여자 마법사 테니(Tenie)의 이야기를 다루고 있다. 줄리어스는 학교건물에 새 부엌을 만들기 위해 목재를 사야겠다는 존의 말을 듣고, 기지를 발휘해 존의 계획을 무마시킬 힘을 가지고 있는 샌디의 이야기를 들려준다.

줄리어스는 마라보 맥스웨인(Marrabo McSwayne)의 노예였던 샌디의 비극적인 죽음과 그의 아내 테니의 이야기를 존에게 들려준다. 샌디는 백인 농장주의 자녀들이 결혼하자 그들의 집으로 가서 일을 하라는 명령을 받는다. 그리고 투기꾼이 샌디의 아내를 쫓아버리고 새 아내를 맞아들이라고 말하면서 그에게 1달러를 주는 일

을 겪으면서 인간 이하의 삶을 살아간다(41). 샌디는 자신의 의지와
는 상관없이 새로운 아내인 테니와 살게 된다. 샌디는 테니에게 자
신이 일하는 곳이 10마일 혹은 15마일이면 테니를 보러 오겠지만
마라보 삼촌의 농장은 40마일 이상 떨어져 있어서 올 수 없다고 말
한다(44). 이 장면은 토니 모리슨의 『빌러비드』에 나오는 식소
(Sixo)와 30마일 여성의 애절한 사랑을 연상시키는 장면이다. 식소
와 30마일 여성은 서로 만나기 위해 각자가 일하는 곳을 떠나 중간
지점에서 만난다. 테니는 백인들의 경제적 이윤을 위해서 이리저리
팔려 다니며 노동을 하는 남편의 처지를 보고 있을 수가 없어 가혹
한 떠돌이 노동에서 그를 구하기 위해 나무로 변신시킨다.

체스넛은 샌디의 말을 통해 마법의 필요성을 강조하며 가혹한
노예제도의 현실을 고발한다. 샌디는 농장주가 자신을 틈만 나면
여러 곳으로 보내 다른 농장에서 일을 하게 해서 가족도, 주인도,
여주인도 아무도 없는 것처럼 느낀다고 말하며 아내에게 "나는 **한
그루의 나무**나 그루터기, 바위가 되길 바랐어. 그렇게 된다면 잠시
라도 농장에 머물 수 있을 테니까"(44-5 **필자강조**)라고 말한다. 이
말을 들은 테니는 자신이 주술을 행할 수 있는 사람이라고 말하며
약 15년 동안 주술을 부리지 않았다고 말한다.

테니는 샌디를 나무로 변하게 할 수 있다고 말하며 샌디를
소나무로 변신시켜 백인들이 더 이상 그를 괴롭히지 못하게 한
다.[2] 샌디는 낮에는 소나무로 지내다가 밤에는 인간으로 변신하여

오두막으로 와서 아내와 시간을 보낸다. 빈틈없는 테니는 "말벌"(hawnet)에게 망을 보라고 지시하고 남편이 변신한 소나무를 자르기 위해 온 벌목꾼들이 왔을 때 말벌이 공격해서 그들을 쫓아버리게 하면서 남편을 보호한다.

그러는 사이에 테니는 어떤 백인의 병간호를 위해 멀리 가게되고 테니의 보호를 받지 못한 샌디는 결국 벌목꾼에 의해 잘리게된다. 나무가 잘리는 장면과 나무가 운반되는 장면은 흑인의 한이서려 있는 장면이다.

> "도끼질에도 나무가 잘려지지 않는 것처럼 보였지만 나무가 쓰러지기 시작할 때는 지금껏 본 것 중 가장 떨고, 비틀거리며 삐거덕거리는 소리를 냈지. 가장 가슴 아픈 일이었어. ... 그들이 다시 작업을 시작했을 때, 체인이 계속 풀렸고 그 통나무를 다시 고정시키려고 사람들은 계속 일을 멈추어야 했어. 그들이 제재소를 향해 언덕을 올라가기 시작했을 때 통나무가 다시 풀려나서 언덕 아래로 굴러내려 나무들 속에 처박혔어. 제재소까지 끌고 오기까지 반나절이나 더 걸렸지. (52-3)[3]

---

2) 치리우는 주술이 노예들에게는 저항의 한 방편이었다고 강조하며 "마법이 처음에는 노예제도에 저항하는 하나의 수단으로 사용되었다는 것은 주목할 만한 사실이다. 매정한 노예주인의 잔혹함에 도전하고 그들을 억압하는 체제의 잔인함을 막기 위해 사용된 초자연적인 힘은 약자의 힘이었다."(2003, 154)라고 말한다.

3) 벌목되는 나무가 쓰러지는 장면은 제라드 맨리 홉킨스(Gerard Manley Hopkins)의 나무도 인간처럼 느낀다는 "인스케이프"(inscape), "인스트레스"(instress)를

병간호를 하고 돌아온 테니는 이 모든 사실을 알게 되지만 테니의 저항을 염려한 백인들은 테니를 묶어버리고 나중에는 감금하게 된다. 한참 시간이 흐른 후 백인 농장주 마라보는 테니에게 흑인아이들을 돌보는 일을 시킨다. 마라보는 샌디의 몸이었던 그 나무에서 얻은 목재로 학교를 지었고, 그 후 그 학교에는 유령이 출몰하고 테니는 학교 주위를 배회하다가 어느 날 마룻바닥에 죽은 채로 발견된다(59). 수잔 맥패터(Susan McFatter)는 "테니의 마술은 강력하긴 했지만 인간을 소유할 권리를 허용하는 노예제에는 상대가 되지 못한다."(195)라고 말하며 비록 테니의 주술이 강했지만 노예제도를 극복할 수는 없었다고 강조한다.

줄리어스의 말을 들은 애니는 "노예제도는 정말 나빴군요."(60)라고 말하고 억울한 노예들의 귀신이 출몰한다는 말을 들은 존은 자신의 계획을 변경하고 투덜대며 새 목재를 사게 된다. 체스닛은 존의 말을 통해 결국 존이 줄리어스에게 속았다는 사실을 강조한다.

엉클 줄리어스는 분리교회의 신도 중 한 명이었는데 그는 어제
나에게 와서 당분간 옛 학교 건물을 자신들의 종교 모임장소로

생각하게 하는 장면이다. 또한 샌디의 시신과 같은 나무를 운반하는 위 장면은 한국의 민담이나 영화, 소설에 등장하는 초자연적인 현상과 깊은 관련을 맺고 있다. 망자가 억울하게 죽어서 원한을 가지고 있거나 세상을 떠나고 싶지 않거나 보고 가야 할 사람이 있는 경우, 망자의 상여는 움직이지 않거나 장례를 치르는 사람들을 고생시키며 조금씩 움직인다. 체스닛은 이 같은 장면을 통해 노예제도의 상흔과 노예들의 상징적인 저항을 다루고 있다.

사용할 수 있는지 물어보았다. (62)

　자신과 흑인들의 이득을 위해 교묘하게 그 상황과 연결되는 이야기를 하는 줄리어스의 섬뜩한 이야기는 노예제의 잔혹함을 알릴 뿐만 아니라 흑인이 백인들의 경제적인 착취에 전방위적으로 이용당했다는 사실을 증언하고 있다. 엘렌 J. 골드너(Ellen J. Goldner)는 멜빌(Melville), 체스넛, 그리고 모리슨의 작품에 나타난 귀신을 연구하는 글에서 「불쌍한 샌디」에 대해 "이 작품은 노예제도와 자본주의를 복잡하게 비판하는 데 있어 합리적인 것과 고딕적인 것을 철저하게 뒤엉키게 한다."(68)라고 말하며 체스넛은 "기대되는 스테레오 타입을 사용하고, 전복시키면서"(71) 노예제도의 노동력 착취를 고발하고 있다고 말한다.

　줄리어스가 들려주는 이야기는 현실적으로는 존과 애니 부부가 부엌을 사용하지 못하게 하는 속셈을 포함하고 있다. 결국 줄리어스는 애니가 포기한 식당을 흑인들의 교회 모임 장소로 쓰게 된다. 중요한 것은 "서아프리카의 보둔에서 유래한 마법 혹은 요술과 관련된 이야기가 이 이야기들 속에서는 미국 남부의 풍경에 뿌리를 내린 자연종교처럼 비쳐진다는 것이다"(Baker Jr. 43).

　노예제도의 가장 큰 비극은 가족의 이별을 강요한다는 것이다. 「불쌍한 샌디」는 주인공들의 비극적인 죽음으로 작품이 끝나지만 「베키 자매의 아이」는 「불쌍한 샌디」와 반대되는 내용을 다루고 있다. 매튜 R. 마틴(Matthew R. Martin)은 두 작품이 정반대의 결과를 다루고 있다고 강조하며 "「베키 자매의 아이」는 가정의 통일이라는 하나의 비전으로 백인의 탐욕을 이기는"(33) 이야기라고 말한다.

「베키 자매의 아이」는 토끼 발에 얽힌 널리 알려진 미신을 중심으로 펼쳐진다. 줄리어스는 베키와 아들의 이야기를 하면서 베키가 그렇게 고난을 겪은 것은 토끼 발을 가지고 있지 않았기 때문이라고 말한다. 줄리어스의 말에 존은 "당신네 흑인들은 그런 유치한 미신을 버리고 이성과 상식의 빛에 따라 사는 것을 배우지 않고는 절대로 출세할 수 없다."(135)라고 말하면서 토끼 발과 관련된 일을 유치한 미신으로 치부한다.

엄마 베키와 떨어져 지내는 모세(Mose)를 돌보던 낸시(Nancy)는 더 이상 모자간의 생이별을 두고 볼 수 없어 모세를 여자 주술사인 앤트 페기에게 데리고 간다. 베키와 모세의 절박한 사정을 듣게 된 페기는 모세를 "벌새"(hummin'-bird)(147)나 "앵무새"(148)로 변신시켜 엄마가 일하는 곳으로 가서 엄마를 만날 수 있게 한다. 베키는 벌새와 앵무새로 변신해서 자신을 보러 온 모세를 알아보고, 새로 변신한 모세는 목이 쉴 때까지 울게 된다(149). 모세의 변신과 목이 터져라 울어대는 행동은 한국민담에 등장하는 소쩍새 민담을 연상시킨다. 체스넛이 소개하는 민담에 등장하는 소재, 동물로의 변신 등은 한국뿐만 아니라 다양한 문화권의 민담에서 공통적으로 발견될 수 있을 것이다. 천승걸 교수는 새로 변신한 모세의 노래가 주는 암시에 대해서 "Mose의 노래는 곧 흑인들의 영가를 연상시킨다."(120)라고 말한다.

낸시는 과거에 농장에 있을 때 베키의 도움을 받은 사실을 기억하며 베키를 돌아오게 만들 묘안을 찾기 위해 다시 여자 주술사인 페기를 찾아간다. 페기는 다시 "말벌"(hawnet)의 도움을 받으며 자신의 계획을 실천에 옮긴다. 페기는 말벌에게 베키가 일하는 농장에 있는 "번개 같은 버그"(Lightnin' Bug)(152)라는 말의 무릎을 쏘라고 말한다. 말의 무릎이 퉁퉁 부어 일을 하지 못하게 되고, 그 후 시간이 흘러 말이 회복되자 페기는 다시 참새를 보내서 말의 동태를 파악하라고 한 후 말이 회복된 사실을 알자 다시 말벌에게 말의 무릎을 쏘라고 말한다. 그래서 농장주는 자신의 말을 병에 걸린 상태에서 샀다고 생각해 그 말을 판 상인에게 저주를 퍼부으며 말을 데려가라고 하고 말이 없으면 베키도 할일이 없으니 원래 있던 농장으로 돌려보내라고 말한다.

페기는 베키와 모세가 함께 자유롭게 살 수 있게 "자유와 반항"(Myers 15)을 위한 마지막 주술을 부린다. 페기는 참새에게 효능이 강한 약초[4]를 베키가 있는 문 앞에 놓으라고 말하고 그 약초가

---

4) 치리우는 상대방을 해치는 약초 외에 타인을 보호하는 약초에 대해 "천사의 뿌리(Angel's Root), 악마의 신발끈(가막살나무; Devil's Shoestring), 그리스도의 창자(bowel-of-Christ), 예수의 피의 잎과 같은 약초들은 이것을 가지고 다니는 사람을 치유하고 보호해주고 통제하기 위해 사용되었다. 삼손의 뿌리(Samson's

베키를 황폐하게 해서 베키는 마법에 걸린 것처럼 수척해져 주인에게 자신은 마법에 걸려 곧 죽을 것이라고 말한다(155).

체스넛은 이런 사실을 알게 된 백인 농장주에 대해서 "그는 마법을 믿지 않는 척하는 백인들 중 한 명이었기 때문이다. 하지만 그것은 아무 소용이 없었다."(155)라고 말하며 백인들이 속으로는 주술을 두려워하고 있다는 사실을 강조한다. 수척해지는 베키를 보고 결국 말을 판 사람은 거래를 원상태로 하자고 제의해서 베키는 아들이 있는 곳으로 돌아와 아들을 보며 살아야겠다고 다짐을 하며 건강해진다.

페기는 이 같은 사실을 확인하고 자신이 베키에게 건 주술을 무효화시킨다. 베키는 건강을 되찾고 아들과 행복한 생활을 하게 되고, 모세는 자라서 "앵무새처럼 지저귀는 능력을 가지면서"(158) 대장장이로 성실하게 일을 해서 직업을 가지게 되고, 모리슨의『빌러비드』에 등장하는 핼리(Halle)처럼 자신의 노동을 통해 어머니와 자신의 자유를 사고 행복하게 살아간다.

체스넛은 줄리어스의 이야기를 듣는 존과 존의 아내 애니의 대조적인 반응을 제시한다. 존의 아내는 이야기가 진실하다고 말하며 이야기들이 "진실한 흔적"(the stamp of truth)(159)을 가지고 있다고 말한다.

Root)나 성 요한의 약초(Saint-John's-wort or High John the Conqueror)라는 이름의 약초를 지니고 있는 개인은 초능력과 행운이 있다는 것을 뽐낸다."(1997, 237)라고 말한다.

"아. 그래요? 저는 신경 쓰지 않아요." 애니가 기쁜 표정을 보이며 대화에 합류했다. "그것들은 약간 과장된 세부내용일 뿐이에요. 모두가 꼭 필요한 건 아니죠. 그래도 그 이야기는 진짜예요. 50번이라도 일어났을 법한 이야기고 남북전쟁 전 같은 그런 무시무시한 시절에는 정말로 일어났을 법한 이야기에요." (159)

「베키 자매의 아이」에서도 줄리어스는 토끼 발에 대한 미신을 놓고 존과 벌이는 설전에서 승리한 것처럼 보인다. 그 이유는 존이 논쟁이 있고 며칠 지난 후에 아내의 옷에서 토끼 발을 발견하기 때문이다(161). 이에 대해 에릭 셀린저(Eric Selinger)는 "이 책에서 처음으로 줄리어스가 참된 힘을 가진 위치에서 자신의 복수를 한다."(75)라고 말하며 이 단편에서 두드러지게 나타나는 트릭스터 같은 줄리어스의 목소리에 주목한다. 한편 처치는 「베키 자매의 아이」는 줄리어스, 존, 애니의 관계를 알레고리화 한다고 말하며 줄리어스를 주술사로, 애니를 베키로, 존을 백인 농장주로 해석한다고 말한다(127).

『여자 마법사』에서 체스닛은 여러 마법이야기와 약초용법 등을 다루고 있다. 이 소설에서 마법사들은 억압받는 노예들이 탈주하는 것을 돕고 다양한 마술로 그들을 가혹한 인종차별로부터 보호하고 있다. 이 작품에서 마법이라는 개념은 양날을 가진 칼과 같은 것이다. 마법은 한편으로 노예들에게 희망과 자유를 꿈꾸게 하고 다른 한편으로는 노예주들에게 두려움을 불러일으켜 그들의 사악한 행동을 제약하는 역할을 한다. 체스넛의 작품 속에 투영된 마법과 식물치유요법은 그 자체에 흑인들의 모국인 아프리카의 문화를 포함하고 있다. 『여자 마법사』는 이산종교의 풍습과 치료요법, 약초요법을 다루는 초기 아프리카계 미국문학작품으로 여겨질 수 있을 것이다.

체스넛은 백인작가들이 즐겨 다루었던 흑인민담을 흑인의 시각으로 다시 쓴 작가로, 그동안 미신처럼 여겨진 마법과 주술을 세분화해서 다시 쓰며 트릭스터와 같은 주인공을 등장시키면서 마법과 주술을 다른 각도로 보게 하고 있다. 특히 마법을 흑인의 자유와 연결시키며 자유를 위해 흑인이 여러 동물이나 식물로 변신할 수밖에 없었던 이유를 노예제도의 해악과 연결시키고 있다. 체스넛의 이중적인 서술은 백인독자들을 주술과 마법이 가능한 공간으로 끌어들이는 역할을 하고 있으며, 이런 낯선 공간을 여행하는 백인독자들에게 비슷한 이야기를 절묘하게 반복해서 들려주면서 그들이 이런 이야기와 조금씩 친숙하게 하고 있으며, 같은 주제의 글을 쓰는 후배작가들을 위한 발판을 마련해주었다.

이산종교와 마법에 대한 주제는 허스턴의 『노새들과 사람들』과 『내 말에게 말하라: 아이티와 자메이카의 부두교와 생활상』에 한층 더 상세하게 기록되어 있다. 이 작품들은 허스턴이 구겐하임(Guggenheim) 연구비를 받고 서인도제도의 민속 수집을 하고 나서 쓴 작품들이다. 허스턴은 1936년 4월부터 카리브 해, 아이티, 킹스턴, 자메이카, 온두라스(Honduras), 바하마 등을 여행한 후 이 작품들을 완성하였으며 부두교와 오베아에 관련된 자료를 수록하였다. 허스턴은 『노새들과 사람들』을 집필하기 위해 5년 동안 자료 조사를 하였다. 그리고 이 작품을 완성하기 위해 뉴올리언스에서 후두와 관련된 자료를 몇 달 동안 더 수집하기도 했다. 이 작품은 총 2부로 나누어져 있는데 1부의 경우 허스턴이 플로리다의 이튼빌(Eatonville)로 가서 민담을 수집한 내용이 주를 이루고 있으며 2부는 뉴올리언스에서 여러 번 후두교에 입문해서 겪는 내용을 다루고 있다.

『내 말에게 말하라: 아이티와 자메이카의 부두교와 생활상』은 허스턴이 1937년 아이티로 가서 자료를 수집한 내용을 기록한 책으로 허스턴은 미국의 후두교를 먼저 연구한 후 그 뿌리를 찾아 아이티를 방문하면서, 두 지역 이산종교의 공통점과 차이점을 기록하였다. 허스턴은 이 작품에서 연구되는 여러 작가들 가운데 유일하게 후두교의 입문식에 반복해서 참여하고 자신의 입문을 도와준 스승들과 함께 일반 사람들의 고민을 들어주는 역할을 하기도 했다. 부두교와 후두교는 허스턴의 논픽션 작품들인 『노새들과 사람들』과 『내 말에게 말하라: 아이티와 자메이카의 부두교와 생활상』에서는 아주 상세한 정보와 체험기로 기록되어 있지만, 자신의 단편소설들과 희곡작품, 그리고 소설에는 거의 반영되어 있지 않다. 그 이유는 체스닷의 작품에서 이산종교가 약하게, 비유적으로 제시되는 것과 관련이 있다. 허스턴이 활동하던 할렘르네상스 시기는 흑인미학과 함께 다소 정치적이고, 선동적으로 흑인들의 힘을 강화해나가던 시기였고, 남녀 간의 사랑이나 민담, 흑인영어 등을 다루는 문학작품들은 상대적으로 평가절하 당하던 시기였다. 이 외에도 섣불리 민담이나 이산종교를 작품 속에서 재현했을 경우 미신으로 오해 받고, 흑인들이 저급하거나 미개하다는 주장과 쉽게 연결될 수 있었기에 허스턴은 작품 속에서 은밀하게 혹은 여러 상징—물, 나무, 주인공의 모습, 자연현상—을 통해 이산종교를 기입하거나 중요하지 않은 인물들의 개인적 신념이나 관습으로 등장시켰다.

허스턴은 "처음으로 후두를 미국에 소개한 아프리카계 미국 민속학자였다"(Collins 138). 허스턴은 1931년에 자신이 조사한 부두교에 대한 내용을 「미국에서의 후두교」("Hoodoo in America")라는 제목의 논문으로 『미국민담』(*The Journal of American Folklore*)에 게재하기도 했다. 비평가들은 허스턴의 『그들의 눈은 신을 쳐다보고 있었다』(*Their Eyes Were Watching God*)[5])에서도 주인공 재니

---

5) 브렌다 R. 스미스(Brenda R. Smith)는 허스턴이 이 작품을 아이티의 수도인 포르토프랭스(Port-au-Prince)에서 7주 만에 완성했다고 말하며 "아이티에서 가장 널리 알려진 부두교 사제와 여사제의 감독하에 입문자로 연구를 하고 그 나라의 주요 부두교 신들에 대한 자료를 수집했다."(par. 1)라는 말로 허스턴이 외부관찰자로 부두교를 이해하려 한 것이 아니라는 점을 강조하고 있다. 참여자로 부두교를 경험한 허스턴은 지금까지 피상적으로 부두교를 접하고 이를 검은 상상력과 상징으로 확대 해석한 많은 인류학자들과 다른 시각으로 부두교를 소

(Janie)의 외모, 특성과 부두교를 연결 지어 분석하기도 했다. 일리스 서더랜드(Ellease Southerland)는 「조라 닐 허스턴의 소설 속 부두교의 영향」("The Influence of Voodoo on the Fiction of Zora Neale Hurston")이라는 논문에서 다양한 부두교 상징, 의식, 색상, 숫자에 대하여 분석한 바 있다. 이 작품의 주인공인 재니는 부두교 여신인 에질리(Ezili)와 닮은 점이 있다. 가톨릭의 성모 마리아의 속성을 지닌 부두교의 에질리 여신은 세 가지의 모습으로 나타나는데, 첫 번째가 혼혈인 사랑의 여신 에질리 프레다이다. 두 번째는 노동계급이면서 모성의 분노를 상징하는 흑인여신 에질리 단토이고, 세 번째 모습은 붉은 눈을 가진 에질리이다.[6] 허스턴은 『내 말에게 말하라: 아이티와 자메이카의 부두와 생활상』에서 에질리 여

개하고 있다. 네일러의 『마마 데이』에 등장하는 리마의 보이(Reema's Boy)도 윌로 스프링스로 와서 민담을 수집하려고 한다. 하지만 윌로 스프링스 공동체 사람들은 도시에서 교육을 받고 백인의 시각으로 자신들의 고유문화를 피상적으로 눈요기 감으로 취재하려는 그에게 최대한 정보를 제공하지 않으면서 그의 자료 수집을 좌절시킨다.

6) 브렌다 R. 스미스(Brenda R. Smith)는 「조라 닐 허스턴의 『그들의 눈은 신을 쳐다보고 있었다』에 나타난 부두 이미지, 현대 신화, 그리고 여성의 권한」("Voodoo Imagery, Modern Mythology and Female Empowerment in Zora Neale Hurston's *Their Eyes Were Watching God*.")에서 허스턴의 『그들의 눈은 신을 쳐다보고 있었다』를 치밀하고 섬세하게 부두교와 연결시켜 분석하고 있다. 스미스는 라다(rada) 상태와 페트로(petro) 상태를 설명한 후 페트로를 더 세분화시켜 설명하면서 "페트로 르와는 그들의 또 다른 자아인 라다 르와보다 더 완강하고 난폭하다. "붉은 눈"이라고 알려진 페트로 르와 부류들은 예외 없이 사악하고 심지어 식인을 하기도 한다."(par. 6)라고 말한다. 스미스는 재니가 에질리 프레다, 에질리 단토, 그리고 붉은 눈의 에질리로 변하게 된다고 말한다(par. 7).

신에 대해 다음과 같이 설명하고 있다.

> 아이티에서는 아무도 나에게 에질리 프레다가 누구인지 진짜
> 로 말해주지 않았지만 사람들은 그녀의 생김새나 했던 일들에
> 대해서는 말해주었다. 그들의 말을 종합해보면 그녀가 사랑의
> 이교도 신이라는 점은 분명했다. 그리스와 로마에서 사랑의 여
> 신들은 남편이 있었고 아이들을 출산했다. 하지만 에질리는 자
> 녀가 없지만 그녀의 남편은 아이티의 모든 남자들이다. ... 에
> 질리는 수동적인 천상의 여왕과 누군가의 어머니가 아니다. 그
> 녀는 침대에서 사랑을 나누는 이상형이다. ... 완벽한 여성으로
> 서 그녀는 사랑받아야 하고 섬겨져야 한다. ... 단지 성관계를
> 요구하는 이런 속성 외에도 악마와 같은 신의 다른 특성을 보
> 여주는 또 하나의 무서운 에질리가 있다. (121-3)

부두교에 등장하는 에질리 프레다 여신의 이중적인 속성은 『그
들의 눈은 신을 쳐다보고 있었다』의 주인공인 재니와 유사한 점이
있는데 그 첫 번째가 재니는 자식이 없다는 것이다. 재니는 세 번
결혼을 하면서 자신의 정체성을 찾게 되는데, 결혼을 세 번씩이나
했지만 자식이 없다. 또한 에질리 프레다는 혼혈이며 관능적인 외
모의 젊은 여성이고, 풍만한 가슴과 완벽한 여성의 특성을 가진다
고 허스턴은 말한다(*Tell My Horse*, 122) 이 같은 에질리 프레다의
모습은 재니가 이튼빌로 돌아올 때의 모습과 흡사하다.

남자들은 마치 뒷주머니에 포도송이라도 쑤셔 넣은 듯 팽팽한 그녀의 엉덩이에서 눈을 떼지 못했다. 또 깃처럼 바람에 날리며 허리까지 치렁치렁 늘어뜨려진 숱 많은 머리카락도 눈여겨보았다. 그런 다음 그들의 시선은 웃옷을 뚫고 나올 듯 풍만하기 그지없는 그녀의 젖가슴을 향하는 것이었다. 직접 눈으로 볼 수 없는 그녀의 몸을 상상하느라 마을 사내들은 분주했다. (2)

이 작품에서 재니는 세 번의 결혼을 하게 되는데, 첫 번째 남편은 로건 킬릭스(Logan Killicks)이고 두 번째 남편의 이름은 조 스탁스(Joe Starks)이며 세 번째 남편의 이름은 티 케이크(Tea Cakes)이다. 스미스는 재니가 세 명의 남편을 가지게 되는 것을 부두교의 프레다 르와와 연결시키며 다음과 같이 말한다.

재니는 티 케이크가 자신이 푸른 색 옷을 입고 있는 것을 좋아하기에 에질리의 색인 푸른 색 옷을 입기 시작한다. 에질리는 3가지 속성을 가진 여신으로 여겨진다. 그렇기에 그녀의 남편은 세 명인데 그들은 하늘의 신 담발라, 바다의 신 아그웨(Agwe), 불과 철의 신 오군이다. 둘 다 푸른 옷을 입는 재니와 티 케이크의 결혼은 재니에게는 세 번째 결혼인데 이는 에질리 프레다의 세 번째 남편을 암시하는 것이다. (par. 28)

재니와 부두교의 관계는 위에서 설명한 세 번의 결혼 외에도, 재니가 마치 주술사같이 저주를 퍼부어 그 말이 효험을 보이는 장면에서도 암시되어 있다. 재니는 두 번째 남편인 억압적인 조 스탁스와 살면서 자유를 구속당하고 따귀를 맞고, 복장 및 두건을 착용하는 것에서조차 제약을 받자 더 이상 억눌린 자신의 삶을 참지 못하고 급기야 여러 사람들 앞에서 남편의 성적인 불구를 폭로하게 된다.

> "그래요, 나는 더 이상 어린 소녀도 늙은 여자도 아니에요. 나도 나이 먹은 티가 난다는 것쯤은 알아요. 하지만 나는 모든 면에서 어엿한 여성이에요. 그리고 나는 그것을 알아요. 그것이 당신이 말할 수 있는 것보다 더 엄연한 일이에요. 배만 나와 가지고 허풍만 떨고, 하지만 그것은 큰 목청뿐이에요. 어휴! 내가 나이 들어 보인다고 이런저런 말만 늘어놓으면서! 당신은 바지를 내리면 별 볼일 없는 사람이면서." (75)

위에서 인용한 장면은 "재니가 그녀의 말로 조를 죽이는"(최진영 8) 장면이라고 해도 과언이 아닌 장면이다. 조는 이 일이 있고 난 후 시름시름 앓다가 세상을 떠나게 된다. 지금까지 자신의 마음을 내적인 것과 외적인 것으로 구분하며 정신분열증을 겪을 위기에 놓여 침묵을 일관하던 재니는 마치 부두교의 신이 사람의 몸에 들어온 것처럼 행동하며 뼈있는 말로 남편을 죽이게 되는 것이다. 마을 사람들은 재니의 행동에 대해서 재니가 조를 "저주"(fix)(78)했다고 생각한다.[7] 스타인 레이첼(Stein Rachel)은 『내 말에게 말하라:

아이티와 자메이카의 부두교와 생활상』과『그들의 눈은 신을 쳐다보고 있었다』를 부두교 관점으로 분석한 글에서 허스턴의 작품에 나오는 흑인여성들의 메타포인 노새가 카리브 해 여성들의 경우 당나귀로 비유된다고 강조하며, 당나귀나 노새 같은 흑인 여성이 부두교 신을 영접하게 되면 말로 변신하면서 자신을 억압하는 여러 제약과 억압에 도전하고 이를 뛰어 넘는다고 강조한다(466).

지금까지 관능적인 재니의 육체와 에질리 프레다의 관계, 그리고 재니가 부두교 르와(Loa)에 의해 신이 들려 말하는 것에 살펴보았다. 다음으로는 재니가 에질리 단토와 붉은 눈의 에질리로 변하는 모습에 대해서 살펴보기로 한다.

소설의 후반부에서 재니는 티 케이크와 함께 에버글레이즈(Everglades)에서 흑인공동체의 문화에 젖어 노동의 기쁨을 맞게 되는데 이때 재니의 모습은 에질리 프레다가 아니라 에질리 단토를 닮은 모습이다. 캐런 매카시 브라운(Karen McCarthy Brown)은『마마 롤라: 브루클린의 보두』(*Mama Lola: A Vodou Priestess in Brooklyn*)

---

7) "fix"라는 말은 부두교에서 신의 힘으로 특정한 사람에게 저주를 내리는 것을 말한다. 어떤 사람에게 해를 끼치기 위해서 인형, 무덤에서 퍼온 흙, 빗 등을 그 사람의 집에 몰래 숨겨 놓는 행위를 하기도 한다. 이 작품에서 조는 재니가 자신을 저주했다고 생각하고 머리 둘 달린 의사를 불러 집안에 숨겨진 부적 같은 것을 찾으라고 말한다. 주술에 사용되는 부적의 다양한 용도는 네일러의 『마마 데이』에도 등장하여, 주술사 사이의 복수전에 사용되기도 한다. 부두교에 대한 왜곡적인 이미지는 흑마법으로 연결되어 타인에게 나쁜 주술을 거는 관행이 좀비와 함께 확대 해석되어 문화, 문학, 영화에 계속적인 부정적 이미지를 남기고 있다.

에서 에질리 단토의 모습에 대해서 다음과 같이 설명한다.

> 그녀는 아주 검은 피부에 레시렌(Lasyrenn)처럼 길고 빛나는 머리카락을 가졌다. 그녀의 흰 눈은 크고 빛났으며 어머니의 늘 경계하는 눈을 닮았다. ... 단토는 우아하지만 지나치게 우아하지는 않았다. ... 사실 그녀는 일하기를 좋아한다. 그녀는 빨리 그리고 열심히 일한다. 누군가 곤경에 처했거나 응급상황이 벌어지면 단토는 자신과 자신의 외모를 잊은 채 급하게 옷을 입고 곤경에 빠진 사람 옆으로 달려간다. (229)

재니는 에버글레이즈에서 에질리 단토처럼 일을 사랑하며 기꺼이 흑인문화의 요람이라 할 수 있는 곳에서 공동체 생활을 즐기게 된다. 이 작품에서 재니와 티 케이크가 그 당시 흑인들처럼 북부로 이동하지 않고, 더 깊은 미국남부로 와서 노동의 기쁨을 맛보는 장면을 등장시키면서, 허스턴은 흑인문화와 흑인공동체의 중요성을 부각시켜주고 있다. 김명자 교수는 재니와 티 케이크가 에버글레이즈로 온 사실에 대해서 "작가 Hurston은 당대의 흑인들이 일자리를 찾아 북으로, 북으로 향하던 Northern migration을 일부러 무시하고 위치적으로 정반대인, 즉 rural south보다 더 남쪽인 Caribbean에 가까운 "muck"을 설정하여, 흑인 노동 계급의 문화를 보여주고 있다" (506-7)고 지적한다.

재니와 티 케이크가 남쪽으로 이동했듯, 모리슨의 『솔로몬의 노래』(*Song of Solomon*)에 등장하는 주인공 밀크맨(Milkman)도 북부에서 남부로 여행을 하며, 가식과 문명과 자본주의라는 껍질을 벗어던지고 새롭게 태어나는 인물이다. 모리슨은 북부 산업사회에서 뿌리를 상실하며 살아가던 밀크맨이 가족과 연인, 그리고 흑인 공동체에 대해 책임감을 느끼는 인물로 변해가는 과정을 남부로 여행하는 것을 통해 포착하고 있다. 재니와 티 케이크가 흑인 노동 공동체에서 노동의 기쁨을 맛보며 노동계층과의 결속을 이루며 온전한 정체성을 찾아가듯, 밀크맨도 남부에서 여섯 번째 감각을 알게 되며 정체성을 확립하고 타인을 위한 책임 있는 비상(flight)을 하게 되고 자신을 조상과 연결시킨다.

『그들의 눈은 신을 쳐다보고 있었다』는 재니가 광견병에 걸린 티 케이크를 어쩔 수 없이 총으로 쏴 죽인 후 재판에서 스스로를 변호하고 공동체로 돌아오는 내용을 그리고 있는데, 이들 부부의 비극을 유발하는 것은 허리케인으로 인한 홍수이다. 이 작품에서 허리케인은 미국의 남부지역에서 자주 발생하는 실제 허리케인으로 등장하기도 하지만 부두교와 관련해서 또 다른 의미를 지닌다. 부두교에서 에질리의 주거지는 강가이며, 에질리가 관여하는 영역은 물이다(위르봉 142). 또한 단토의 분노는 비극적인 사고나 죽음 등을 초래하는 대홍수로 나타난다(Brown 231). 스미스도 이 작품에 등장하는 허리케인에 대해 브라운과 비슷한 지적을 하는데 스미스는 "재니에게 가해진 폭력에 에질리 단토의 화는 라다 르와를 붉은 눈의 에질리로 변신하게 하고 그녀의 분노는 비옥한 지역을 휩쓸어 버리는 허리케인으로 나타난다."(par. 35)라고 말한다. 다음은 이 작품에 등장하는 허리케인의 묘사 장면이다.

> 폭풍우가 오케초비 호수의 잠을 깨워 호수의 괴물이 그의 침대에서 요동을 치기 시작했다. 그 요동치는 소리는 마치 온 세상이 불평을 털어 놓으며 으르렁대는 것 같이 들렸다. ... 높이가 무려 십 피트나 되는, 불평으로 가득 찬 듯이 보이는 제방이 터지며 호수의 물보다 앞서 엄청난 규모로 길을 깔아뭉개고 있었다. 호수 속에서 잠자던 괴물이 드디어 잠자리를 떠난 것이었다. 바람은 시속 이백 마일의 속도로 불었다. 호수 물은 오두막을 덮치고 계속 내달렸다. 오두막은 연약한 풀처럼 짓이겨지고 말았다. 성난 호수는 계속해서 집과 사람들 그리고 나무들을 정복자와 같은 기세로 덮치며 휩쓸고 다녔다. 마치 바다가 미쳐서 온 세상을 뒤덮어 버리는 것처럼 보였다. (150-3)

『그들의 눈은 신을 쳐다보고 있었다』를 연구하는 많은 학자들이 계속 천착하는 주제이기도 한 허리케인의 상징과 의미 그리고 제목과의 연관성에 대해 학자들은 왜 사람들이 하늘을 쳐다보고 있는지에 대해서 여러 주장을 하고 있다. 사람들이 하늘을 보는 행위는 대홍수를 유발시키는 대자연의 힘 속에서 무능한 인간들의 제스처로, 혹은 절망적인 상황을 벗어나기 위해 신을 우러러보며 기도

하는 듯한 모습으로 해석되기도 한다.[8] 또 다른 해석으로는 인종차별적인 세상을 허리케인으로 변한 신이 심판하기 위해 등장하는 장면 등으로 해석되며, 위에서 언급한 것처럼 부두교 여신인 에질리의 분노를 상징하기도 한다.

『그들의 눈은 신을 쳐다보고 있었다』의 경우 부두교와 관련된 요소가 간접적으로 나타나고 있지만 허스턴의 첫 소설인 『요나의 박 넝쿨』(*Jonah's Gourd Vine*, 1934)은 부두교 주술을 행하는 인물이 등장한다. 이 소설에는 존(John), 루시(Lucy), 그리고 해티(Hattie), 샐리(Sally)가 등장한다. 존은 루시와 결혼한 상태였는데 존에게 반한 해티가 존을 자신의 곁에 묶어두기 위해 주술사를 찾아가 처방을 받는다. 그 일이 있고 얼마 지나지 않아 루시가 결국 세상을 떠나게 된다. 특히 『요나의 박 넝쿨』에서 루시가 두려워하는 뱀을 존이 죽이는 장면은 뱀이 상징하는 성적인 요소와 부두교의 요소가 뒤섞이면서 여러 의미를 생산하고 있는데, 엘리자베스 허먼(Elizabeth Herman)은 「『요나의 박 넝쿨』에 나타난 뱀 상징」("Snake Symbolism in *Jonah's Gourd Vine*")에서 기독교 문화와 다르게 재현되는 뱀 상징을 집약적으로 연구하기도 했다.

---

8) 스미스는 이 장면의 중요성에 대해서 설명하면서 이 장면은 부두교 르와들과 기독교 신의 관계를 나타낸다고 말한다. 스미스는 『아이티의 부두교』(*Voodoo in Haiti*, 1959)를 쓴 알프레드 메트로(Alfred Métraux)의 말을 인용하면서 부두교와 기독교 신은 서로 반대편에 서 있는 것이 아니라고 말하며 부두교를 믿는 사람들은 기독교의 하느님을 부정하지 않으며, 기독교의 하느님은 자신들이 믿는 르와보다 힘이 더 큰 존재로 믿고 있다고 강조한다(par. 37).

허스턴은 백인의 후원을 받긴 했지만 참여자의 입장으로 이산 종교에 대한 자료를 수집하고 흩어지고 소멸해가는 관련 자료를 복원한 민속학자이자 작가였다. 부두교의 입문식에 여러 번 참여하기도 한 허스턴은 많은 사람들을 만나고 부두교와 후두교, 그리고 약용식물 치료에 대한 자료를 녹취하고 기록하였다. 인류학자이자 소설가인 허스턴의 주된 관심사는 사라지고 잊혀져가는 아프리카계 미국 문화와 이산종교에 대한 자취를 쫓고 여러 지역의 잔존 요소를 연결하는 것이었다. 다시 말해 대서양 중앙항로(middle passage)를 통해 아프리카에서 끌려온 무수한 흑인들이 흩어진 곳을 다시 방문하면서 파편화된 흑인의 민담과 종교의식, 주술, 약초요법, 구술 문화를 기록하며 이를 퀼트처럼 연결하고 부두교 의식에 직접 체험함으로써 흑인문학사에 큰 공헌을 함과 동시에 뚜렷한 발자취를 남겼다.

허스턴은 특히 『내 말에게 말하라: 아이티와 자메이카의 부두와 생활상』에서 부두교 의식과 관련된 노래의 악보를 추가하기도 했다. 부두교 서술에서 허스턴이 기여한 것은 민초들의 현관 대화와 다양한 나라의 민담을 기록하고, 이산종교에 대한 향후의 연구를 위한 초석을 놓았다는 것이다. 또한 허스턴은 이산의 외상을 치유하는 여사제처럼 흩어진 공간을 역순으로 방문하여 부두교와 후두교를 연결시키며 이산의 트라우마를 봉합하고자 노력하였다.

허스턴은 비유적으로 이산종교의 풍습을 묘사하며 마법 관행에 대해서 둘러대며 말하던 선배작가의 글쓰기 단계를 뛰어 넘어

거리낌 없이 다양한 민담과 부두교, 후두교 관련 자료를 수집하고 이를 출판하여 이후의 학자들과 소설가들에게 많은 영향을 주었다. 린지 터커(Lindsey Tucker)는 마법과 관련된 작품들에서 "허스턴 때부터 여자 마법사에 대한 긍정적인 흑인의 시각과 가까운"(175) 관점을 가질 수 있었다고 말한다.

　2장에서 살펴볼 네일러와 와이드먼은 체스닛과 허스턴이 발전시킨 전통을 이어받아 이를 확장시키며 치유와 역사를 연결시키고 있다. 네일러는 모리슨의 작품에 나오는 파일럿을 닮은 생명을 주관하는 강력한 여성 마법사를 등장시키고 와이드먼은 백인의 가혹한 탄압 속에서도 소멸하지 않는 이산종교의 생명력과 대물림을 강조하고 있다.

3

부두교와 후두교:
글로리아 네일러와 존 에드거 와이드먼

"닭장과 똑같이 모든 것은 네 개의 면이 있어. 수탉의 공간, 암
탉의 공간, 바깥과 안쪽이지. 그 모두가 진리야." (『마마 데이』)

아프리카계 미국작가들은 주류작가들에 말 걸기를 하면서 다
른 작가의 작품을 개작하는 데 관심을 보여왔다. 다른 작품을 개작
하는 관행은 네일러의 작품에서도 찾아볼 수 있다. 네일러의 『마마
데이』(*Mama Day*, 1988)와 윌리엄 셰익스피어(William Shakespeare)
의 『폭풍우』(*The Tempest*)는 상호 텍스트적인 관련을 맺고 있
다.9) 네일러와 모리슨 같은 아프리카계 미국 여성작가들은 이산종

교를 소개하면서 공존과 치유의 문제를 함께 다루고 있다. 네일러는 샤론 펠튼(Sharon Felton)와 미셸 C. 로리스(Michelle C. Loris)와의 인터뷰에서 『마마 데이』를 쓰기 위해 "노르웨이와 아프리카로 여행"을 떠나야 했고, "6-7년 동안 자료 수집했다"(141)고 말한 적이 있는데 이 같은 네일러의 노력은 허스턴, 리드, 모리슨의 자료수집 노력과 그들의 여행과 일맥상통한다.

『마마 데이』는 별명이 코코아(Cocoa)인 오필리아 데이(Ophelia Day)와 조지 앤드루(George Andrews)의 결혼과 조지의 죽음을 다루는 소설로, 마법을 부리는 마마 데이(Mama Day), 닥터 버저드(Doctor Buzzard), 루비(Ruby)가 등장하는 작품이다. 네일러는 합리적인 요소와 비합리적인 요소, 현실과 초현실을 작품 속에 교차시키면서 마법이 통용되는 공간에서의 치유와 자연과의 교감을 다루고 있다. 이 작품의 주인공인 코코아는 1823년 백인남편이자 노예주였던 배스쿰 웨이드(Bascombe Wade)를 독살하고[10] 자유인이 된

---

9) 네일러와 셰익스피어의 비교에 대해서는 게리 스토호프(Gary Storhoff)의 「'유일한 목소리는 너 자신의 목소리': 글로리아 네일러의 『폭풍우』 다시쓰기」("'The Only Voice is Your Own': Gloria Naylor's Revision of *The Tempest*")와 피터 에릭슨(Peter Erickson)의 「"셰익스피어의 흑인?": 네일러의 소설들에 나타난 셰익스피어의 역할」("'Shakespeare's Black?': The Role of Shakespeare in Naylor's Novels")을 참고할 것. 에릭슨은 네일러의 "전복적인 전략은 셰익스피어의 작품에 등장하는 프로스페로(Prospero)와 맞먹는 흑인 여성을 만드는 것"(243)이라고 말한다.

10) 이산종교의 다양한 쓰임새 가운데 식물의 독을 이용한 예는 여러 문서에서 찾아볼 수 있다. 아이티와 미국의 역사에 등장하는 흑인노예들의 봉기나 반란,

노예 사피라 웨이드(Sapphira Wade)의 5대 외손녀이다. 네일러는
아프리카에서 태어난 사피라 웨이드로 시작되는 모계전통의 역사
를『마마 데이』에서 서술하면서 5대 외손녀가 질투심이 많은 여자
마법사에게 마법에 걸려 죽을 상황에서 주술의 힘을 푸는 방법을
잘못 이해한 조지의 행동으로 오히려 조지가 심장마비로 죽게 되고
조지의 희생적인 죽음 때문에 그의 아내인 코코아가 살게 되는 내
용을 뉴욕시(New York City)와 윌로 스프링스(Willow Springs)를 배
경으로 묘사하고 있다. 네일러는 펠튼과 로이스와 함께한 인터뷰에
서 "『마마 데이』에서 조지는 그리스도 형상이다. 그는 사랑을 위해
서 자신을 희생하고 33세에 죽는다."(143)라고 말하면서 부두교를
다루는 소설의 중심인물이 기독교를 연상시키고 있다고 강조한다.

　　이 소설에서 뉴욕시와 윌로 스프링스는 대조적인 여러 요소를
상징하는 공간으로 제시되고 있다. 뉴욕시는 조지가 주로 활동하는
공간이자 도시, 현대화 등을 상징하는 공간이 되고 있다. 한편 윌로
스프링스는 미국 지도에는 나와 있지 않은 초현실적인 공간이자 대

게릴라들의 활동에서 식물의 독을 이용해서 백인식민주의자와 노예주들의 야
욕을 분쇄하는 장면들이 자주 등장하고 있다. 부두교의 경우 식민 상황에서
억압자를 제거하는 수단으로 부두교에서 사용하는 독초가 등장했고, 무장봉기
에 앞서 전의를 가다듬기 위해서 노래와 춤과 고함치기 등이 수반된 신들림
(possessing)의 행사가 거행되기도 했다(위르봉 38-63 참조). 아이티의 경우 지
배세력은 되풀이된 미신타파운동을 통해 끊임없이 부두교를 탄압하였는데 이
렇게 전방위적인 탄압을 하게 된 배후에는 부두교를 믿는 저항세력의 무서운
저항정신과 혼을 제거하기 위한 치밀한 전략이 숨어 있었다.

통령 선거 때는 투표권을 행사할 수 있는 현실적인 공간이다. 사우스캐롤라이나 주와 조지아 주 사이의 어디엔가 위치하는 윌로 스프링스는 바다위의 섬 같은 곳으로 본토와는 다리로 연결되어 있다.

이곳은 사피라 웨이드가 해방시킨 노예들의 후손이 사는 곳으로, 네일러는 소설이 시작되기 전에 지도와 가계도를 먼저 소개함으로써 자신의 소설을 읽는 독자들의 이해를 돕고 있다. 네일러가 제시한 지도는 비교적 간단한데 지도에 나와 있는 건물의 이름은 "다른 장소"(The Other Place), "묘지"(Graveyard), "닭장"(Chicken Coop), "마마 데이의 이동주택"(Mama Day's Trailer), "다리에 있는 가게들"(Stores at Bridge), "남쪽 숲"(South Woods), "주요 도로" (Main Road), "루비의 집"(Ruby's House), "아비게일의 집"(Abigail's House), "셰비의 고갯길"(Chevy's Pass), "버저드 박사의 제주소" (Dr. Buzzard's Still), 그리고 "버니스와 앰부쉬의 집"(Bernice & Ambush's House)이고 내륙과 윌로 스프링스 사이에 있는 공간의 이름은 "해협"(The Sound)이다.

이 소설에서 가장 중요한 인물은 바로 미란다(Miranda)라는 이름으로도 불리는 마마 데이이다. 마마 데이는 체스넛의 작품에 등장하는 여자마법사들을 닮았지만 그동안 흑인문학에 등장한 여자마법사들 가운데 가장 강력한 힘을 가지고 있음에도[11] 대자연의 법

---

11) 모리슨의 『낙원』에 등장하는 콘솔라타와 마마 데이는 비슷한 능력을 소유한 인물들이다. 마마 데이가 코코아를 살리고, 갖은 노력에도 임신을 하지 못하

칙과 하느님을 거스르지 않는 인물로 등장한다.

이 소설에서 마마 데이는 여러 마법과 주술을 행하지만 그 가운데 가장 강력한 주술은 오랫동안 아기를 가지려고 갖은 애를 썼지만 실패한 버니스(Bernice)에게 인공수정을 시키는 장면이다.[12]

아홉 개의 구멍들. 그녀는 호흡하는 두 개의 구멍, 듣는 두 개의 구멍, 음식을 먹는 한 개의 구멍, 그리고 허리 밑 두 개의 구멍과 생명을 키우고자 갈망하는 두 개의 구멍을 가지고 있다. 아홉 개의 구멍들은 그 감촉이 너무나 부드러워 셀 수 없는 상태로 녹아든다. 피부 위 모든 작은 털구멍이 퍼지게 한다. 공기가 들어오도록 털구멍을 확장시키기 위해 손끝의 접촉 부위가 더 깊어지고 손가락 관절에서부터 손바닥 관절, 손목 관

는 여자에게 인공수정을 시키는 장면은 흑인문학 전통에서도 강력한 기적을 행하는 모습이다. 한편 모리슨의 작품에 등장하는 콘솔라라는 론의 조언을 받으며 꺼져가는 생명을 살리는 기적을 행하기도 한다.

[12] 이 장면은 모리슨의 『솔로몬의 노래』(*Song of Solomon*)에 나오는 여자 주술사 같은 파일럿(Pilate)을 연상시키는 장면이다. 파일럿은 메이콘 데드(Macon Dead)와 루스(Ruth) 사이에 아기가 없어서 루스가 괴로워하는 것을 직감하고, 약초요법 비슷한 것을 사용하여 메이콘이 며칠 동안 루스와 잠자리를 하게 한다. 또한 메이콘이 부인의 임신 사실을 알고 아기를 낙태 시키려 하자 파일럿은 부두교에서 사용되는 인형을 통해 주술을 부려 이를 막아낸다. 타라 터틀(Tara Tuttle)은 주웰 파커 로즈(Jewell Parker Rhodes)의 『부두교의 꿈들』(*Voodoo Dreams*)과 모리슨의 『솔로몬의 노래』를 부두교 관점으로 분석하는 글에서 "파일럿은 다산의 수호자요, 출산을 도와주는 사람이자 루스와 메이컨 부부의 결혼생활에서 힘의 불균형을 조절해 주는 사람이다."(par. 15)라고 말한다.

절, 아래 팔 관절로 쓰다듬어 갈 때 그녀는 소리를 지를 수 있었다면 그렇게 했을 것이다. ... 한 개의 구멍은 셀 수도, 생각할 수도 없는 구멍이다. 물기가 있고 살아서 맥이 뛰는 난자는 한 공간에서 다른 공간으로 이동한다. 여성보다 더 오래된 하나의 리듬이 그것을 잡아 당겨 착상하게 만든다. (140)

마마 데이는 사피라 웨이드의 초능력을 그대로 물려받은 인물로 윌로 스프링스에서 산파의 역할을 하고 있다. 모리슨의 『낙원』에 등장하는 론(Lone)도 루비 공동체에서 산파로 일한 것을 생각해보면 주술을 행하는 능력과 산파라는 직종이 서로 연결되어 있다는 것을 알 수 있다.

『마마 데이』의 주요 배경이 되는 윌로 스프링스에는 교회가 하나 있고 목사도 한 명 있다. 그리고 마마 데이 외에도 두 명의 주술사들이 살고 있다. 하지만 이들 주술사들은 마마 데이와 차별을 보이고 있다. 그 가운데 한 명은 남자인 버저드 박사(Dr. Buzzard)이고 또 다른 한명은 루비(Ruby)이다. 버저드의 주술은 주로 사기와 관련되어 있다. 버저드는 밀주를 만들어 팔기도 하고, 그와 함께 후두교 주술과 관련된 부적, 물건 등을 판매하고 카드 게임을 할 때도 속임수를 사용하기도 한다.

외부인은 이 이상한 행동을 주류 밀조업자의 행동으로 여길 수 있을 것이다. 버저드 박사는 그의 행방을 비밀로 하고 법에 대해 전혀 걱정하지 않고도 술을 만들 수 있다는 사실 때문에 후두교를 행하는 사람으로 그의 명성을 쌓았다. 그는 자신 주변에 몰려다니는 어리석은 젊은 풋내기들에게 "나는 감사드려려 할 부적을 가지고 있지"라고 말했다. ... 사람들은 그가 자신들에게 해를 입히지 않았고 그에게 술을 사고 싶어 하는 사람들은 다른 장소에서도 술을 살 수 있었기에 그에게 관대하게 대했다. (79)

마마 데이는 버저드에게 "정말 당신이 양심을 가지고 있다면 사람들에게 옷 조각과 나무 조각으로 만든 후두 부적과 물을 탄 밀주를 약으로 팔지 말아야 해요"(51)라고 말하며 주술을 상술로 이용하지 말라고 경고한다.

이 소설에서 마마 데이, 버저드 외에 강력한 주술을 사용하는 인물로는 루비가 있다. 루비는 자신보다 어린 남성 주니어 리 (Junior Lee)를 차지하기 위해 주니어 리와 내연관계에 있는 프랜시스(Frances)에게 흑마술을 걸어 그 여자를 정신병원으로 보낸다.

어떤 사람들은 그녀가 마마 데이만큼 강력하다고 말한다. 그리고 그녀가 프랜시스에게 한 짓은 다 알려져 있었다. 프랜시스는 정신이 나가서 씻지도 머리를 빗지도 않았다. 그녀가 아는 도시 사람들이 그녀의 집을 폐쇄하고 그녀를 다리 너머에 있는 정신병원에 데려가기 위해 와야 했다. (112)

루비는 주니어 리에게 빠져들어 여성들이 늘 주니어 리 주변으로 올까봐 두려워한다. 그러던 중에 주니어 리가 코코아와 친하게 지내는 것을 보고 그 이후에 제삼자가 봤을 때 오해할 만할 상황 속에 있는 두 사람을 목격하게 되었을 때 루비는 코코아의 두피와 머리카락에 독을 발라 코코아를 해치고자 한다.

이 소설에서 월로 스프링스가 마마 데이와 코코아, 그리고 데이(Day) 가문을 위한 배경이 된다면, 뉴욕시는 조지의 고향이자 도시에 살고 있는 많은 현대 흑인들이 사는 공간을 대변한다. 조지는 창녀의 아들로 그의 아버지는 어머니의 손님이었다. 조지는 태어난지 3개월 만에 엄마에게 버림을 받게 되고, 조지의 엄마는 그 후 물에 빠져 자살하게 된다.[13] 그는 코코아에게 "당신은 역사를 가지고

---

13) 이 작품에서 많은 여성들이 우물에 빠지거나 물에 빠져 사망한다. 이는 셰익스피어의 『햄릿』에 나오는 오필리아의 죽음을 연상시킴과 동시에 대서양 중앙항로를 통해 미국으로 오던 중 많은 흑인 노예들이 바다에 빠져 죽거나 수장된 것을 상기시킨다. 코코아의 어머니도 우물에 몸을 던져 자살한다. 『마마 데이』에 등장하는 우물은 너새니얼 호손(Nathaniel Hawthorne)의 『일곱 박공의 집』(The House of the Seven Gables)에 나오는 다중적 의미를 가지는 몰(Maule)의 우물과도 비슷한 점을 가지고 있을 뿐 아니라 데이 가문의 비극이 만나는 지점이기도 하다. 네일러는 우물에 대해서 다음과 같이 묘사한다. "고통을 넘어서서 보아야 한다. ... 그리고 그것이 왔을 때 그것은 그녀가 거의 무릎을 꿇을 정도의 위력을 가지고 왔다. 그녀는 그 모든 비명소리들로부터 도망치고 싶었다. 음색이 높고 날카로운 소리들이 울려 퍼지며 그녀의 귀를 뚫는 것 같았다. 하지만 그녀는 눈을 꽉 감고 그 소리들을 바라보았다. 손으로 짠 살구 빛 옷을 입은 한 여자가 있었다. 평화롭게 가게 해줘요. 그리고 수정처럼 맑은 물속에서 반짝이는 은화들을 향해서 계속 떨어지고 있는 한 젊은 육체가 있었다. 깅엄 블라우스를 입은 한 여성이 있었다. 피스와 함께 가게 해주세요. 계속 소용

있어. 그런데 난 참된 성도 가지도 있지 않단 말이야."(129)라고 말하면서 자신이 뿌리가 없는 사람이라고 말한다. 조지는 어머니가 15세에 자신을 낳고 버렸기 때문에 백인들이 운영하는 고아원 같은 시설에서 자라나 자수성가한 흑인이며 대학교육까지 받은 인물이다. 그는 사업을 하면서 경제적으로는 부족하지 않은 생활을 하지만 항상 자신의 뿌리 없는 과거를 잊으려 하며 현실의 삶만 강조하고 있다. 그는 "나는 나의 현재 상태들을 강조할 수밖에 없었어." (13)라고 말하면서 과거나 전통보다는 현재의 삶을 강조하는 도시에 사는 전형적인 흑인의 특성을 보여준다.

네일러는 『마마 데이』에서 이 두 사람의 대조와 조화, 그리고 뉴욕시와 윌로 스프링스라는 두 상반된 공간의 만남과 문화의 충돌을 그리고 있다. 네일러가 묘사하고 있는 조지와 코코아는 모리슨의 『타르 베이비』(*Tar Baby*, 1981)에 등장하는 제이딘(Jadine)과 선 (Son)과 닮은 점이 많이 있는 인물들이다. 모리슨의 작품에서 제이딘은 도시, 세련, 교육 등을 상징하는 반면 선은 시골, 전통, 투박함, 전설을 나타내며 교육을 받지 못한 인물로 등장한다. 제이딘은 뉴욕의 삶에 만족하는 혼혈 여성이며 선은 남부의 엘로에(Eloe)와 연결되며 흑인의 전통 문화를 상징하는 인물로 등장하며, 이들은 함께 서로의 고향이라 할 수 있는 뉴욕과 엘로에로 여행을 하게 되고

돌이치는 비명 소리들. 한 번, 두 번, 세 번이나 그 우물에서 평화를 잃어버렸다. 그녀는 어떻게 이런 고통을 뚫고서 아래를 내려다 볼 수 있을까?"(285).

각각의 등장인물들은 서로에게 익숙하지 않은 공간을 경험하면서 서로 반목하고 싸우게 된다.

모리슨은 절반쯤 결여된 모습을 한 상반된 두 사람을 소개하는데 "제이딘은 동화주의자의 면모를, 선은 흑인중심주의자의 면모를 가지고 있으며 각자의 세계인 뉴욕과 엘로에, 미래와 과거, 도시와 농촌 등의 이분법적 특성을 가지고 있으며 어떤 측면에서는 그 경계가 겹치는 부분도 가지고 있다"(신진범, 2008, 212).

모리슨은 『타르 베이비』의 결말부분에서 파리행 비행기에 몸을 싣는 제이딘과 슈발리에 섬의 기마병을 향해 전속력으로 뛰어가는 선의 모습을 제시하면서 각자가 자신의 삶을 선택하는 결론을 보여주고 있다. 네일러의 『마마 데이』는 비슷한 문화의 충돌과 시골/도시를 다루고 있지만 조지의 죽음과 코코아의 재혼으로 이야기가 변주되며 전개된다. 네일러의 『마마 데이』가 모리슨의 『타르 베이비』보다 7년 후에 출간된 점을 감안하면 네일러가 모리슨의 작품을 읽고 모리슨이 천착한 주제를 다른 각도로 접근했다고 생각할 수도 있을 것이다.

조지는 처음에는 미신과 주술로 가득한 윌로 스프링스에 대해 거부감을 가지게 되지만 점차 그 공간에 동화되는 듯한 모습을 보여준다. 하지만 대도시에서 교육받고 미신을 멸시하고 이성을 중시하는 조지는 흑인의 전통과 뿌리로 가득한 그 공간을 완전히 이해할 수 없다. 조지가 윌로 스프링스라는 환경에 적응하지 못하는 것은 그가 목숨을 잃게 되는 것과도 관련이 있다.

　루비는 코코아에게 치명적인 마법을 걸게 되고 코코아는 점점 몸이 약해져서 거의 죽음 직전까지 가는 상황을 마주하게 된다. 마마 데이는 루비의 주술 때문에 코코아가 죽게 될 것이라는 것을 알게 되고, 오직 조지의 협력하는 행동이 코코아를 살릴 수 있다는 것을 알고, 조지를 닭장[14]으로 보내서 조지가 발견하게 되는 것을 가

---

14) 부두교와 닭은 여러 관련을 맺고 있다. 농부들의 수호성인인 성 이지도르의 경우, 그를 상징하는 베베(저자 주: 어떤 성인과 관련된 그림)의 한가운데에는 수탉, 양의 머리, 그리고 정령들을 담고 있는 병이 봉헌물로 바쳐지고 있다(위르봉 79). 또한 닭은 부두교의 신인 르와에게 바치는 제물로도 사용된다. 르와에게 수탉을 바치기도 하는데, 죽이기 전에 4방위 기점을 향하도록 하는 의식을 가진다(위르봉 108). 아이티의 대통령이었던 프랑수아 뒤발리에는 나치를 모델로 자신이 직접 만든 유사경찰인 통통 마쿠트를 통하여 그의 독재에 반대하는 세력에 대해 시골과 도시에서 공포 분위기를 조성했다. 프리츠너 라무르는 부두교의 힘을 자신에게 유리하게 이용하려 한 뒤발리에의 시도를 상기시키는, 뿔닭(탈주노예가 기르던 동물의 전형)의 몸에 수탉(부두교의 상징)의 머리를 가진 붉고 푸른색을 띤 통통 마쿠트를 그렸다(위르봉 118-9, 저자 주: 119 페이지의 통통 마쿠트 사진 참조). 한편 모리슨의『낙원』에 수탉이 등장하기도 한다. 빅 파파와 렉터는 자신들에게 헤이븐(Haven) 공동체를 세울 자리를 안내해주는 듯한 키 작은 낯선 사람을 따라 가다가 그 사람이 남긴 것을 발견하게 된다. "미끼도, 잡아당기는 줄도 그대로인데, 그곳에 놓여 있는 덫에 뿔닭 한 마리가 걸려 있었다. 수컷으로, 너무나 아름다운 깃털을 가진 놈이었다."(161) 마치 모세의 출애굽을 연상시키는 이 장면에서 흑인 선조들은 낯선 사람이 두고 간 수탉이 있는 곳을 신성한 곳으로 생각해서 공동체를 건설하게 된다. 모리슨은 이 장면을 통해서 수탉을 신성한 공간과 연결시키고 있다. 한편 모리슨의『빌러비드』에서 수탉은 흑인의 남성성과 자유를 상징하는데 백인들에 의해 신체를 속박당한 폴 디(Paul D.)는 자신의 처지가 자유롭게 마당을 활보하는 미스터라는 수탉보다 못한 사실에 절망하며 붉디붉은 수탉의 볏을 동경한다.

지고 오라고 말한다.

> 하지만 그녀는 조지 안에 숨겨진 그런 믿음만 필요했다. 그가
> 자진해서 그 믿음을 그녀에게 *건네주어야* 했다. 그녀는 맞잡은
> 손을 가지고 예전에 사라진 모든 믿음을 연결시킬 수 있도록
> 자신의 손에 조지의 손이 더해지는 것이 필요했다. 다른 장소
> 에서 손끝으로 자신의 손끝을 닿게 하는 단 한순간이 그녀가
> 요청한 전부였다. 그렇게 함께 그들은 코코아가 걸어 나올 수
> 있는 다리가 될 수도 있었다. 정말로 그는 자신의 손안에 그녀
> 가 찾기 위해 온 없어진 것을 이미 가지고 있었다. (285)

아내의 목숨을 살리기 위해서 마마 데이의 말에 순종한 조지
는 마마 데이가 말한 참뜻을 이해하지 못한다. 결국 그는 닭장을
방문하지만 자신을 향해 다가오는 닭을 죽이고 닭장을 황폐하게 만
들게 된다(301). 조지에게 있어 닭장은 "위험하고 무서운 모성의 공
간"(Khaleghi 137)과 같은 장소가 된다. 또한 닭장은 부두교와 닭의
관계를 생각해볼 때 도시에서 대학을 나온 조지에게는 낯설고 공포
를 주는 원초적/원시적인 공간이 되고 있다. 그리고 선천적으로 약
한 그의 심장은 그 일로 더 악화되어 결국 조지는 죽게 된다. 조지
가 닭장이라는 선조들의 공간을 극복하지 못하고 사망하는 것은 조
지의 삶이 너무나 백인들의 삶에 가까웠다는 것을 의미한다.
하지만 조지의 죽음은 기적적으로 코코아의 목숨을 살리는 역

할을 하게 된다. 마마 데이는 루비가 행한 주술을 알고 코코아의 머리카락을 자른다. 그리고 아내를 위해 닭장을 방문한 조지가 결국 자신의 두 손이 마마 데이가 말한 것이라는 사실을 모른 채 죽음을 맞이하지만, 조지의 죽음은 루비의 주술을 무효화시키는 역할을 하면서 코코아를 살리는 데 영향을 주게 된다. 도나 페리(Donna Perry)는 네일러과 함께한 인터뷰에서 맞잡은 손의 중요성에 대해서 조지의 손은 여성들의 마음을 얻거나 그들의 마음에 상처를 입힌 다른 남자의 손, 코코아가 살아온 역사의 다른 부분들을 상징하며 손을 잡는 다는 것은 신체적인 행동뿐만 아니라 더 많은 상징성을 가진다고 말한다(93).

네일러는 폭풍이 윌로 스프링스를 엄습해 본토와 윌로 스프링스를 연결시키는 다리가 파괴되었을 때 조지가 하는 행동을 그의 한계점으로 제시하고 있다. 한편으로 생각하면 조지의 행동은 정상적인 사람의 행동으로 여겨질 수 있지만 조지의 행동은 윌로 스프링스에서는 큰 영향을 미치지 못하는 것으로 드러나고 있다. 허리케인 때문에 다리가 파괴된 상황에서 자신의 아내가 중병에 걸려 고생하자 조지는 무조건 보트를 타고 도시로 가서 의사를 불러야만 아내를 살릴 수 있다고 생각한다.

이 소설에서 조지의 행동을 좌초시키는 폭풍은 마치 허스턴의 『그들의 눈은 신을 쳐다보고 있었다』에 등장하는 허리케인을 다시 보는 것과 같다. 네일러는 허스턴의 작품에 나타나는 폭풍을 연상시키면서도 또 다른 면을 허리케인을 통해 제시하고 있다.

그것은 아프리카 해안에서 야자나무와 카사바 사이에서 불던 흔한 미풍으로 시작해 이동하기 전에 자신과 비슷한 수천 개의 미풍과 합쳐 서쪽으로 향하는 강력한 풍파가 된다. ... 허리케인은 바다 수증기를 흠뻑 머금고 **눈물처럼 비가 떨어진다.** ... 하지만 그것은 사멸하지 않고 적도의 굽은 부분과 만나는데 그 지점에서 캄캄한 밤에 기다리고 있는 열기를 삼킨다. ... 허리케인은 자메이카의 사탕수수밭 사이를 쪼개듯 몰아치며 사탕수수가 즙을 떨어트리게 하고, 열기 속에서 휘몰아치면서 봉황목의 붉은 봉오리를 떨어뜨린다. ... 그것은 앨라배마에서 줄에 걸린 빨랫감을 말린다. 그것은 조지아에 있는 요람을 흔들어준다. 배스쿰 웨이드의 묘비는 살짝 흔들거리지만 쓰러지지 않는다. **남은 것은 파괴이다.** (249-50 **필자강조**)

위의 인용에서 알 수 있듯이 폭풍의 진원지에서부터 윌로 스프링스까지의 여행 동안 폭풍은 여러 지역을 관통하게 된다. 『마마데이』에서 폭풍의 경로는 과거에 노예들이 아프리카에서 붙잡혀서 노예선을 타고 온 경로인 대서양 중앙항로(middle passage)의 경로와 유사하다. 위의 예문에서 네일러는 "눈물처럼 비가 떨어진다"라는 표현을 통해 흑인 선조들의 눈물을 상기시키는 단어를 사용하고 있으며, 윌리엄 셰익스피어의 『햄릿』(*Hamlet*)에 나오는 대사를 패러디하듯 "남은 것은 파괴이다."라는 표현을 사용하고 있다. 네일러는 이 작품에 등장하는 폭풍에 대해 "나는 대서양 중앙항로라는 중심적인 은유를 전달하는 그런 방식으로 허리케인에 대해서 쓰고 싶었습니다. 왜냐하면 폭풍들이 어떻게 발생하는가에 대해서 말하자면 실제로 그런 일이 물리적으로 일어나기 때문입니다."(Bonetti 62)라고 말한다.

마마 데이는 코코아를 괴롭힌 루비에게 복수를 하게 되는데, 마마 데이는 자신의 선조인 사피라 웨이드가 번개를 사용한 것처럼 루비의 집이 번개에 의해서 파괴되게 만들면서 루비의 악행을 응징하게 된다.

> 마마 데이에게 필요한 것은 세 번이라는 횟수이다. "주님. 저는 세 번 이나 불렀나이다."라는 말이 심판의 날에 그녀의 변명이 될 것이다. 그녀는 지팡이를 어깨 높이 정도로 쳐들고 집의 왼쪽 부분을 강하게 내리치면서 더 이상 말을 하지 않았다. 나무에 나무가 부딪치는 소리인데도 천둥소리와 같았다. 은빛 가루들이 덤불 속으로 뿌려졌다. 그녀는 뒤쪽에서 집을 내리쳤다. 다시 가루를 뿌렸다. 그녀는 왼쪽에서 다시 내리쳤다. ... 그것은 루비의 집을 두 번이나 강타했고, 두 번째 내리쳤을 때 그 집은 폭발했다. (270-3)

『마마 데이』에서 마마 데이는 대자연의 섭리나 기독교 신의 섭리를 거스르지 않은 채 후두교 주술을 행하고 생명을 보존하고 살리는 일에 매진한다. 이는 루비가 자신이 사랑하는 남자를 다른 여자에게서 뺏어오기 위해서 주술을 사용하는 것과 버저드가 주술과 속임수를 사용하여 경제적인 이윤을 추구하는 것과는 다른 것이다. 네일러는 이 같은 마마 데이의 친환경적이고 무해한 주술이 신에게 대적하는 행동이 아니라 조화를 이루는 행동이라는 점을 다음과 같이 강조하고 있다.

> 미란다는 몸을 흔들며 자신이 키울 수 있는 것들에 대해 생각한다. 그것은 모든 종류의 생명체로부터 그녀가 끌어낼 수 있는 기쁨이다. 생명을 초래하고 **자연에 순종하고, 자연과 장난을 치고, 살짝 압박하기 위해 자연과 나란해지는** 방법을 아는 것에는 어떤 것도 잘못이 있을 수 없다. 대부분의 사람들은 약간의 의지와 그들 자신의 손으로 어떤 일이 이루어 질 수 있는지 알지 못한다. 하지만 하느님, 그녀는 한 번도, 절대로 자연을 **넘어서려고** 하지 않았습니다. (263 **필자강조**)

이 소설에서 이산종교의 마법이나 주술은 타파해야 할 미신으로 여겨지기보다는 자연친화적인 양식으로 제시되며, 인간과 자연을 이어주는 매개가 되고 있다. 네일러는 이 소설을 통해 자연현상의 올바른 독해는 인간의 삶에 있어서도 필수적인 것임을 강조하고 있다. 특히 『마마 데이』에서는 다양한 약초를 이용한 주술이나 치료법이 자주 등장하고 있다. 이 소설의 배경이 되는 씨 아일랜드

(The Sea Islands)—미국 사우스캐롤라이나 주, 조지아 주, 플로리다 주 북부 연안의 제도—에 있는 윌로 스프링스는 나무로 된 다리로 본토와 이어져 있는데 이 작품에서 나무다리는 두 문화를 연결시켜 주는 역할을 하고 있다.

『마마 데이』에서 가장 중요한 점은 이산종교와 기독교가 서로 양립할 수 있게 여겨진다는 점이다. 이런 경향은 종교일치운동이나 다문화주의의 한 유형으로나 종교적 공정성으로 해석될 수 있을 것이다. 네일러는 기독교와 이산종교의 차이점에 대한 문제를 제기하지 않는다. 그 대신 그녀는 상호 이해라는 더 폭넓은 지평선을 제공한다. 로젤린 브라운(Rosellen Brown)은 『마마 데이』의 서평에서 이 작품을 모리슨의 작품과 비교하며 마법 및 부두교와 관련된 풍속에 대해 다음과 같이 평한다.

> 유령출몰과 마법적인 힘 같은 다른 실체에 대한 토니 모리슨의 신념, 이 모두가 두 종류의 지식 사이에서 경쟁하는 『마마 데이』와 관련되어 있다. 네일러의 소설은 오래된 신비한 것들과 불합리한 것들 그리고 역사를 통해 치유와 온전함에 대해 막강한 힘을 행사한 여주인공들에 대한 찬가라고 할 수 있다. (23)

네일러는 이 작품에서 어머니/여성 마법사들을 등장시킨다. 어떤 면에서 이것은 주류 종교에서 볼 수 있는 가부장적인 신이라는 개념에 젠더의 균형을 맞추는 것으로도 해석될 수 있을 것이다. 네일러의『마마데이』는 체스넛의『여자 마법사』를 개작한 것으로 볼 수도 있는데, 흑인 남성작가에 의해 묘사된 여자 마법사와 네일러가 그리는 여자 마법사 사이에는 상호 텍스트적인 성격이 존재하는 동시에 새로운 요소가 추가되어 있다.

　『여자 마법사』가 출판된 것은 1899년이고『마마 데이』가 발표된 것은 1988년이다. 네일러는 체스넛이 민담을 활용해 위장전술을 쓰면서 이를 작품 속에 담아낸 것과는 달리 아무 거리낌이나 위축 없이 공식적인 사회관습 및 종교관행과 부두교에 관련된 이야기를 교차시키며 이 둘 사이의 섞임을 선보이고 있으며, 체스넛의 작품에서 마법을 부리지만 결국 노예제도라는 더 강력한 현실체제 때문에 희생되거나 약화되거나 미치는 여자 마법사들의 이야기를 다시 쓰고 있다. 와일리 캐쉬(Wiley Cash)는 체스넛이 흑인들의 민담에 익숙한 백인독자들을 겨냥해서 그들의 관심을 이끌어내기 위한 방법으로 민담을 사용했다고 지적하고 있다(185). 네일러가 이렇게 많은 제약을 받지 않고 작품의 소재나 주제에 마법을 끌어들이는 것은 체스넛, 허스턴 등과 같은 작가들의 토대 위에서 가능한 일이다.

　앞에서도 이야기 했듯이, 이 작품은 모리슨의『타르 베이비』에 나오는 주인공들과 유사한 점을 가진 주인공들을 제시하지만, 네일러는 소설의 결말부에서 모리슨의 작품이 열린 결말로 보여준 해결책을 코코아를 통해 좀 더 현실화시키고 있다. 코코아는 다른 남자와 결혼을 하여 아들 둘을 낳고, 마지막 아들에게 조지의 이름을 붙여 조지의 죽음을 기억하며 조지를 기린다.

또한 뉴욕시와 윌로 스프링스라는 두 공간을 오가면서 양쪽 공간을 모두 경험한 코코아는 제3의 공간으로 찰스턴(Charleston)을 선택해 그곳에서 살게 된다. 코코아가 뉴욕시와 윌로 스프링스라는 두 공간을 선택하지 않고 제3의 공간을 선택한 것은 새로운 가능성으로 읽힐 수 있다. 맥신 몽고메리(Maxine Montgomery)는 코코아가 찰스턴을 선택한 것이 상징하는 바에 대해 다음과 같이 평한다.

> 마치 리마의 아들에게 일어난 이분법적 사고로부터 그녀가 해방되는 것을 나타내듯, 재혼한 코코아는 도시인 뉴욕과 시골인 윌로 스프링스 중간에 있는 찰스턴에 거주하는데 이곳은 제한된 행동으로부터 그녀가 자유로울 수 있는 공간이자 **하나의 새로운 찔레 덤불**과 같은 곳이다. 그녀는 사피라를 현혹시킨 낭만화된 아프리카의 과거를 재현하지도 않고, 본토의 사회 제도에 동참하지도 않는다. 코코아는 자기 자신의 말로 자신을 규정하고 그렇게 함으로써 그녀는 현대의 남녀 관계를 광범위하게 조망할 수 있음을 나타낸다. (166 **필자강조**)

몽고메리가 찰스턴을 "새로운 찔레 덤불"로 부르는 것은 모리슨이 사용한 "타르 베이비" 민담과 관련시켜 생각해볼 수 있다. 채소밭을 훼손시키는 토끼를 잡기 위해 농부가 타르를 칠한 인형을 놓아두는 민담에서 호기심이 강한 토끼는 결국 인형을 만지게 되어 붙잡히게 된다. 토끼는 농부에게 다른 형벌은 달게 받겠지만 제발 찔레 덤불로 던지지는 말아달라고 부탁하게 된다. 토끼의 꾀에 넘어간 농부는 토끼가 말한 대로 찔레 덤불 속으로 토끼를 던졌지만 토끼는 쾌재를 부르면서 도망치게 된다. 모리슨의『타르 베이비』에서 뉴욕과 엘로에라는 장소들이 상대방을 구속하는 타르 베이비의 역할을 하듯,『마마 데이』에서도 뉴욕시와 윌로 스프링스라는 각각의 공간이 가진 한계와 제한이 있기에 코코아는 찰스턴을 선택한 것이다.

코코아의 선택은 위의 두 장소를 무시하기보다는 융합하거나 중간지대를 선택함으로써 틈새의 공간을 선택하며 제한적인 공간과 환경을 초월하는 것을 나타내는 것이다.

네일러 외에도 현대 아프리카계 남성 미국작가인 와이드먼도 이산종교를 작품의 주요 주제로 끌어들이며 현재와 과거, 미국과 아프리카, 현대인과 조상을 서로 연결시키고 있다. 와이드먼의『담발라』(*Damballah*, 1981)는 12개의 단편으로 이루어져 있으며 그의 "홈우드 삼부작"(Homewood trilogy) 가운데 한 작품이다. 다른 두 작품은 『은신처』(*Hiding Place*, 1981), 『어제 널 부르러 보냈지』(*Sent for You Yesterday*, 1983)이다. 키스 E. 바이어맨(Keith E. Byerman)은 홈우드는 "윌리엄 포크너의 요크나파토파 군(郡)"(3)의 역할을 하는 곳이라고 말한다. 와이드먼은『담발라』의 차례 앞에

「담발라: **하늘의 착한 뱀**」("Damballah: *good serpent of the sky*")
이라는 제목으로 한 페이지에 걸쳐 다음과 같이 적고 있다.

담발라 웨도는 오래된, 존경할 만한 아버지이다. 근심이 있
기 전의 세계만큼 오래되고 존경스러운 존재이며 그의 자녀들
이 그를 계속 그런 상태가 되게 할 것이다. 자비롭고 아버지의
순수함을 가진 형상이자 사람들이 그에게 오로지 축복만을 간
구하는 위대한 아버지이다. ...

... 담발라의 실재는 단순하게 건성으로 어루만지는 아버지
의 손처럼 평화를 가져다준다. ... 담발라 그 자신은 삶에 의해
변화되지 않고 오랜 과거와 미래의 확신도 그러하다.

천상의 신전에 있는 담발라와 관련된 신들로는 바람의 신인
베데시(Badessy)와 천둥의 신인 소보(Sobo)와 아가로우(Agarou)
가 있다. ... 그들은 역사의 다른 시기에 속한 것처럼 보인다. 하
지만 정확하게 이러한 신들은 어느 정도까지는 흔적으로 남기
에 담발라의 초연함처럼 흑인 인종의 오래된 기원에 대한 역사
적 거리감을 준다. 그들을 현재로 불러오는 것은 우리가 그 시
대로 손을 뻗쳐 모든 역사를 현재 우리 발밑의 하나의 견고한
땅으로 모으는 것이다.

담발라를 부르는 노래에서 그에게 "가족을 모아 달라고" 요
청한다.

마야 데렌(Maya Deren)의 『신성한 기수들: 아이티의 부두교 신
들』에서 인용함.

위르봉은 『부두교: 왜곡된 아프리카의 정신』에서 부두교의 여러 르와들을 소개하는 부분에서 담발라에 대해 색깔은 흰색, 좋아하는 나무는 모든 나무, 특히 목화·뽕나무·호리병박·캐비지야자·타마린드, 신들림의 유형으로 **뱀의 움직임을 흉내냄**, 봉헌물은 흰 것으로 암탉·쌀·우유·계란, 능력으로 부·재산·행복, **성격으로 선의 근원, 주거지로는 샘과 강, 가톨릭 대응 성인으로 아일랜드 뱀들을 쫓고 있는 성 패트릭, 영역으로 물, 상징으로 무지갯빛의 쿨뢰브르 뱀**, 축일은 목요일이라고 말한다(140-1 **필자강조**).

기독교 문화권에서 뱀은 사탄과 연결되고 이브를 유혹하여 이브가 선악과를 따먹게 하였기 때문에 영원히 인간에 의해 저주받고 죽임을 당해야 하는 동물로 여겨져 왔고, 많은 서구 문화/문학작품 속에서 뱀은 어둠과 부정적인 이미지로 연결되어 왔다. 너새니얼 호손(Nathaniel Hawthorne)의 「영 굿맨 브라운」("Young Goodman Brown")에서도 등장인물이 뱀의 형상을 닮은 지팡이를 가지고 주술을 부리는 듯한 장면이 나오면서 숲의 이미지를 무언가 어둡고 옳지 못한 것과 연결시키고, 숲에서의 모임은 마녀 집회를 연상시킨다.

하지만 부두교나 후두교에서 뱀은 이분법적이고 배타적인 기독교 문화를 넘어서서 선의 근원으로 여겨진다. 부두교와 후두교의 상징체계에서 뱀을 상징하는 담발라는 아일랜드의 뱀들을 쫓고 있는 성 패트릭으로 격상되어 인간에게 재산과 행복을 주는 풍요의 르와로 등장한다.

　와이드먼의 『담발라』의 첫 번째 이야기로 등장하는 「담발라」
도 부두교의 신인 담발라를 다루며 이를 현재의 삶 속에서 재해석
하고 있다. 「담발라」에서 주인공으로 등장하는 오리온(Orion)은 그
리스 신화 속의 오리온을 연상시키는 인물이다. 그리스 신화 속에
등장하는 오리온은 티탄족 사냥꾼으로 아르테미스는 포세이돈의
아들 오리온과 함께 사냥하는 것을 좋아했고, 이를 보던 아폴론이
두 사람의 사랑에 대해 반감을 가지게 된다. 그러던 중 오리온이
머리만 내민 채 수영하는 것을 본 아폴론은 아르테미스에게 활로
한번 명중시키라고 말하고 그 형체가 오리온인 것을 몰랐던 아르테
미스는 오리온을 죽이게 된다. 아르테미스는 아폴론의 아들이자 의
학의 신으로 숭배 받게 되는 아스클레피오스에게 오리온을 살려달
라고 애원한다. 하지만 제우스가 이를 가로막아 결국 아르테미스는
오리온의 시신을 하늘로 올려 보내 오리온 별자리를 만들어주게 된
다.

　「담발라」에서 오리온은 그리스 신화 속의 수영하는 오리온을
상기시키듯 강물 속에서 물고기들을 보면서 자신이 전통적인 물고
기 잡는 방식을 잃어버렸듯이 자신의 문화와 뿌리를 잃어버린 것에
대해 가슴 아파한다. 「담발라」에서 오리온은 팔려온 농장에서 기독
교로 개종하는 것을 거절하고 농장에 온 이후로 영어로 말하는 것
도 거절하며, 노예 감독관에게 대들고 벌거벗은 채 현관에 앉아 있

다가 백인 여주인을 놀라게 하기도 한다.

흑인들의 "피로 흠뻑 젖어 있는"(18) 미국에서 오리온은 백인 농장주가 강요하는 일방적인 노동과 기독교로의 개종에 목숨을 걸고 반대하며 아프리카의 혼과 자신이 간직한 모든 것을 강물 속에 있는 자신을 멀리서 숨은 채 지켜보고 있는 이름 모를 소년에게 전수시킨다.

> 그 아이가 오리온이 움직이는 것을 보기 전에 사탕수수 즙이 그의 목을 타고 흘러내렸다. 조용하게 서있자, 그 사람은 흡사 강바닥의 바위에 뿌리를 내린 나무로 착각될 만 했다. 하지만 그가 움직이자 너무 빨라서 따라잡을 수 없었다. 오리온이 움직이는 것을 봤다는 것보다는 풀밭에 몸을 웅크리기 전에 자신이 오리온에게 들켜서 오리온의 두 눈이 자기 자신 안에 있다고 느끼게 만드는 것이었다. **오리온의 두 눈이 그의 몸 안에 들어와 그의 몸을 관통하며 그의 가슴에 하나의 뻥 뚫린 공간을 만들었고 그 텅 빈 자리에 담발라라는 한 마디의 말을 밀어 넣었다.** 그런 다음 반쯤 감은 듯한 두 눈은 사라졌다. (19-20 **필자강조**)

농장에서 사람들은 오리온을 미친 라이언(Ryan)이라고 이름을 바꾸어 부르는데 이는 그리스 신화의 영웅 같았던 존재가 농장의 미천한 노예로 전락한 상황과 연결된다. 또한 그 이름은 백인의 규범과 기독교의 교리에서 이탈하고 아프리카의 부두교를 신봉하는 노예를 미친 사람으로 몰아서 온갖 고문을 한 후 목 잘라 죽이는 것을 정당화 하는 데 이용되기도 하였다. 하지만 오리온이 살해당하지만 그가 목숨을 걸고 지키고자 한 아프리카의 혼은 흩어지지 않은 채 이름 없는 소년을 통해 온전하게 전수된다. 소년은 오리온에게서 전수받은 단어인 "담발라"라는 단어를 입 밖에 내다가 오리온과 같은 비극을 당할 수 있다는 사실을 알고 함부로 말하는 대신 자신의 가슴에 그 말을 묻어둔다.

> 담발라가 그 단어였다. 그 아이는 앤트 리시에게 그 말을 했고, 그녀는 정신 나간 사람처럼 여태껏 그 아이를 때렸던 것보다 더 세게 죽어라고 때렸다. 마당의 흙먼지 위에 바로 고꾸라질 정도로 아팠지만 그 아이는 입술을 깨문 채 울지 않고 자기 입장을 고수하며 조용히 그 단어를 스스로에게 계속 되뇌었다. 그러면서 화끈거리는 뺨에 앉은 곤충 한 마리를 쫓아 보내기 위해 뺨을 씰룩거리는 척했다. (20)

소년은 앤트 리시(Aunt Lissy) 앞에서 그 말을 내뱉다가 따귀를 얻어맞게 된다. 이 작품에서 앤트 리시는 신대륙으로 끌려온 노예들의 다양성을 보여주는 인물로 바이어맨은 리시에 대해, 그녀는 새로운 질서의 산물이며 그녀에게 있어 과거를 잊어버리는 것은 중요한 것이라고 강조한다(4).

「담발라」에 나오는 백인 농장주는 오리온의 전 백인 농장주에게 편지를 쓰면서 오리온을 사고팔았던 그들 간의 거래를 없었던 것으로 하고 싶다고 말한다. 오리온의 현재 주인은 자신이 쓴 편지에서 자신의 노예가운데 한 명인 짐(Jim)은 그 지역에 목사로 유명하다는 말을 하는데, 백인 농장주의 입장에서 보면 오리온은 "서인도 제도에서 온 흠이 많은 노예"(22)이자 전복적인 성향을 가진 인물인 것이다.

오리온이 살해된 후 아무도 오리온의 시체가 있는 헛간으로 가려고 하지 않는다. 하지만 소년은 오리온의 머리를 든 채 오리온과 대화를 시작한다.

> 담발라는 새 혼령이 차갑고 넓은 요르단 강을 건너고 양 날개를 모두 가지게 되기까지는 오랜 시간이 걸린다고 말했다. 갈 길이 먼 혼령이기에 당신은 그 혼령이 집으로 갈 준비가 될 때까지 앉아서 그의 말을 들어야 한다. 그 소년은 무릎에 젖은 두 손을 닦고 십자가를 긋고 그 단어를 말하고 앉아서 오리온이 다시 그 이야기들을 말하는 것을 들었다. 오리온은 말을 했고 그 소년은 오리온이 그 이야기들을 말하는 것을 들었다. 오리온은 말했고 그 소년은 들었고 오리온의 두 눈이 잘린 머리 뒤에서 솟아오르고, 입술이 머리 위로 떠오르고, 오리온 혼령의 펄럭거리는 날갯짓 소리가 마지막 단어의 리듬과 뒤섞일 때까지 그의 말을 들었다. (25)

바이어맨은 이 장면의 중요성에 대해서 "언어는 아프리카의 상징과 교회의 상징을 뒤섞는다. 그 혼령은 고향 아프리카로 돌아갈 수도 있을 것이다. 하지만 그 혼령은 기독교 천사의 날개를 이용하며 돌아가는 것이다. 그 소년은 두 개의 문화와 두 개의 세상이 만나는 교차점인, 하이픈으로 연결된 아프리카계 미국인이 된다."(6)라고 말한다.

소년은 오리온의 이야기를 계속 들어준다. 이 장면은 세대 간 문화의 전수, 역사의 전수가 벌어지는 극적인 장면으로 소년은 오리온의 이야기를 들으면서 흑인문화 속으로 침잠하면서 오리온의 상흔도 치료해준다. 흑인문학에서 **경청과 합당한 애도는** 중요한 요소이다. 오랜 기간 동안 많은 흑인조상들은 합당한 애도 없이 대서양 중앙항로로 오는 도중에 바다에 던져졌고, 미국에 와서도 이름도 없이, 정당한 장례절차도 없이 세상을 떠나야 했다. 흑인문학에서 경청의 의미는 그들의 억울한 사연을 들어주는 역할을 함과 동시에 그들이 당연히 받아야 하는 애도의 방식으로 작용한다. 모리슨의 『빌러비드』를 관통하는 큰 주제는 살풀이와 애도와 경청이다.

다음 세대의 주인공이라 할 수 있는 소년의 경청과 온당한 애도 속에 오리온은 마치 승천을 하듯, 미련 없이 다른 세계로 진입하는 자유로운 영혼의 모습을 보여준다. 「담발라」의 마지막은 소년이 오리온의 머리를 강물 속으로 던져주는 장면으로 끝이 난다.

그 소년은 가능한 한 멀리 그의 머리를 던졌고, **물고기들이 그**
소리를 듣고 머리가 있는 곳으로 헤엄쳐 오면서 **그 머리를 환**
영할 것이라는 것을 알았다. 그는 물고기들이 기다리고 있었다
는 것을 알았다. 그는 오리온의 머리가 강물에 입수할 때 잔물
결들이 그를 어루만질 것이라는 것을 알았다. (26 **필자강조**)

와이드먼은 오리온의 머리가 강에 던져졌을 때 물고기들이 그
것을 알고 환영할 것이라고 말한다. 오리온에게 있어 물고기를 잡
고 물고기들과 의사소통을 하는 행위는 고향 아프리카의 전통이자
자신의 선조들이 자연스럽게 했던 행동이었다. 신대륙에 노예로 끌
려온 오리온은 자신의 전통에서 유리되어 대자연과 동물들과 소통
할 수 있는 능력을 잃어버린 청맹과니와 같은 인물이다. 하지만 오
리온은 목숨을 걸고 신대륙의 억압적인 착취와 개종을 거절하고 지
배 세력에 목숨으로 저항하며 아프리카의 정신과 문화를 지켜내서
그 유산을 후손에게 전달한 것이다.

오리온은 모든 흑인과 백인 가운데 유일하게 자신을 이해하는
소년의 손에 의해 거룩하게 된다. 그리고 소년이 자신을 대신해 담
발라로 대변되는 전통의 맥을 잇게 될 것이라는 사실을 알게 되면
서 다른 세계로 여행을 떠난다.[15] 오리온은 살아 있을 때 물고기들

---

15) 날개를 달고 아프리카로 떠나는 오리온의 모습은 모리슨의 『솔로몬의 노래』에
나오는 솔로몬의 비상(flight), 『빌러비드』의 마지막 장면에서 어머니 세드
(Sethe)의 희생적인 모습을 본 후 웃고 사라지는 빌러비드, 네일러의 『마마 데

과 소통할 수 없는 자신의 모습에 실망하며 물고기들이 낯선 이곳에서 자신의 존재를 잊어버렸다고 생각한다(18). 하지만 이 단편 소설의 마지막 장면에서 소년이 오리온의 머리를 강에 던지자 물고기들은 그동안 기다려온 오리온을 환영한다.

와이드먼은 이 장면을 통해서 억눌린 이산종교의 회귀를 담발라를 외치게 되는 소년을 통해 포착하고 있으며, 오리온의 죽음과 소년이 오리온의 머리를 강 속에 던지는 장면, 물고기들이 오리온을 환영하는 모습을 통해 문화의 전수와 화해와 연속성을 강조하고 있다.

오리온의 죽음은 한 인간의 종교 신념과 생활방식은 어떤 사회나 특정적인 지배 인종에 의해서 강요될 수 없다는 것을 나타내고 있다. 그 이유는 한 개인이 자신의 전통과 신념체계를 잃어버리면 그는 자신의 존재 이유도 함께 잃어버리기 때문이다. 와이드먼은 오리온의 잘린 머리를 들고 강물에 들어가서 생전에 오리온이 했던 부두교 의식을 거행하는 한 소년의 행동을 통해 끊임없는 탄압에도 사라지지 않는 이산종교의 끈질긴 생명력을 나타내며, 부두교의 문화와 유산이 대대로 전해지는 이야기를 통해 미국과 아프리카를, 산자와 흑인조상들의 영혼을 연결16)시키고 있다. 소년은 생

이』에서 자신의 남편이자 농장주인 백인 노예를 죽이고 자식들을 자유인으로 만들고 아프리카로 날아가는 사피라 웨이드의 모습과 상호 텍스트적인 관계를 가진다.

16) 아프리카계 희곡 작품에 나타난 액막이 의식에 대해서는 김상현의 「August

전에 오리온이 강 속에서 허공을 향해 십자가를 그린 것처럼, 자신도 공기 중에 십자가를 그린다. 바이어맨은 두 등장인물들이 허공에 그리는 십자가에 대해 "그 십자가는 담발라의 상징인데 영적인 것과 신체적인 것, 삶과 죽음, 자연과 인간의 교차점을 나타낸다."(5)라고 말한다.

바이어맨은 이 작품에서 작가인 와이드먼이 담발라의 역할을 하고 있다고 다음과 같이 말한다.

> 와이드먼의 이야기들은 정확하게 그런 모임을 다루는데 그 사실은 그에게 있어 문학이 영적인 기능을 한다는 것을 암시한다. 그는 과거와 현재의 경험을 이야기하면서 담발라의 역할을 한다. 사실 그는 가족을 재창조하면서 영적인 완전함을 추구한다. 이 과정은 신성한 것과 세속적인 것, 그리고 심미적인 것과 기능적인 것을 연결하는 아프리카의 문화적 풍습을 따르는 것이다. (4)

지금까지 살펴본 네일러와 와이드먼의 작품은 조상과 후손의 관계 속에서 부두교와 후두교를 재조명하고 있으며 이를 치유와 연

Wilson의 *The Piano Lesson*: 엑소시즘에 의한 통합」을 참고할 것. 어거스트 윌슨의 『피아노의 교훈』에서 애버리가 기독교 의식으로 피아노에 붙어있는 백인유령을 몰아내지 못하자 버니스는 "샤머니즘을 행하는 여사제의 모습으로 피아노로 다가가 연주하며 죽은 조상들의 이름을 부르며 영혼을 불러낸다"(김상현 106).

결시키고 있다. 3장에서 논의된 작가들은 2장에서 다룬 체스넛과 허스턴의 작품을 이어 받아 이를 변주하고 있는데, 네일러의 경우 기독교와 부두교의 공존, 생명의 탄생을 강조하고 있다. 와이드먼은 부두교 신인 담발라가 상징하는 역사와 재회, 규합, 모임 등에 초점을 맞추어 아프리카와 신대륙, 이산종교의 계승을 강조하면서도 오리온의 영혼이 하늘이나 아프리카로 이동하는 것을 묘사함에 있어서 기독교와 부두교, 후두교의 섞임을 보여주고 있다.

4

신후두 미학:
이슈마엘 리드

시간은 흔들리는 추와 같다. 강 같은 것이 아니다. 가버린 것이
돌아오는 것과 더 흡사하다. 강 같은 것이 아니다.

(『멈보 점보』218)

말은 세상을 만들었다. 그리고 말은 세상을 파괴할 수 있다.

(『캐나다로의 탈주』82)

리드는 지금까지 아프리카계 미국인의 역사에서 제기된 다양
한 문화 양식 및 의견들을 통합하는 혼합적인(syncretic) 미학을 추
구한다. 리드가 이러한 자신의 미학을 확립시키기 위해 사용하는

것은 신후두 미학(Neo-Hoodoo Aesthetic)으로, 기독교 문화를 포함하는 다양한 종교·전통·부두교 문화가 혼재하는 이 신후두 미학은 단일문화를 넘어서 다문화를 지향하는 작가의 비전을 대신하고 있다.

신후두는 원래 아프리카의 부두교에 그 기원을 두고 있다. 부두는 전통적인 아프리카 종교와 기독교에서 파생하는 다양한 신념, 전통, 관행을 일컫는 말이다. 부두의 어원은 신, 정령, 혹은 신성한 물건을 의미하는 아프리카어에 두고 있다. 부두교의 다양한 의식은 아이티와 다른 카리브 해 나라들, 그리고 브라질과 미국의 일부지역에서 행해지고 있는데, 부두교를 믿는 사람은 절대자의 존재와 강하거나 약한 정령을 믿는다.

부두교의 중심은 로아 혹은 르와(Loa)라는 정령, 쌍둥이 및 죽은 영혼에 대한 숭배이다. 로아는 주로 아프리카의 신들인데, 가톨릭 성인이 로아와 동일시되어 숭배되기도 한다. 로아는 꿈에 나타나기도 하고, 인간의 모습을 하기도 한다. 부두교에는 중앙조직과 성직의 계급제도는 없으며, 남성 또는 여성 사제를 중심으로 자치적, 자발적 집단을 형성한다(『한국 세계 대백과 사전』 6917).

리드는 『멈보 점보』[17)에서 부두교의 로아에 대한 언급, 아이

---

17) 국내에서 리드를 연구한 논문의 경우 필자의 글을 제외하고 김준년의 「이슈마엘 리드의 『멈보 점보』에 나타난 신후두주의와 다문화주의 사이의 동요」("The Aesthetic Oscillation between Neo-Hoodooism and Multiculturalism in Ishmael Reed's *Mumbo Jumbo*")와 석사 논문인 김민회의 「Mumbo Jumbo에 나타난

티를 포위한 미국 해군(Southern Marines)에 대한 이야기[18), 주인공인 파파 레이버스(PaPa LaBas)와 뱀톤(Vamton)의 관계 등을 다룬다.

포스트모더니스트이자 다문화주의 주창자인 리드는 아프리카에서 아이티, 카리브 해, 서인도제도, 브라질, 온두라스에 산재해 있는 부두교를 미국의 후두교와 연결시킨다. 부두교는 아이티에서 미국으로 건너오면서 후두교로 바뀌게 되었다. 리드는 "10년에 걸쳐 서아프리카의 요루바(Yoruba) 전통을 연구"(Hubbard 28)했으며, 요루바족의 신화와 종교는 『멈보 점보』를 통해 신후두 미학으로 발전하게 된다.

리드의 신후두 미학은 선대 작가의 작품을 다시 쓰고/올바르게 하는(rewrite/right) 작업을 통해서도 강조되고 있다. 리드의 『캐

Ishmael Reed의 서구 사상 비판 연구-다문화주의적 관점에서-」, 박주현의 「"제스 그루는 삶이다": 『멈보 점보』에 나타나는 분열적 혁명」, 김광순의 「땅을 떠나지 않고 비상하기: 이슈마엘 리드의 『캐나다로의 탈주』와 토니 모리슨의 『타르 베이비』에 나타난 지배자의 집안으로 들어가는 해방」("Flying without Leaving the Ground: Liberation into the Master's House in Ishmael Reed's *Flight to Canada* and Toni Morrison's *Tar Baby*") 등이 있다.

18) 아이티의 역사를 깊이 탐구한 몇 안 되는 미국소설가 중의 한 사람인 리드는 『멈보 점보』에서 1915년에 일어났던 미국의 아이티 점령(1915-1934)을 폐해를 다루고 있다. 메리 A. 렌다(Mary A. Renda)는 19년 동안의 미국의 아이티 점령과 관련한 공식적인 미국정부의 발표에 의하면 3천명 이상의 아이티 사람들이 살해되었다고 보고하고 있지만 비공식적인 수치는 11,500명으로 추정된다고 말한다. 또한 보통의 미국 역사책에서는 이 같은 만행이 각주 하나 분량으로밖에 설명되고 있지 않았다고 밝힌다(10-11).

나다로의 탈주』(*Flight to Canada*)는 샬럿 브론테(Charlotte Bronte)의 『제인 에어』(*Jane Eyre*)를 진 리스(Jean Rhys)가 『드넓은 사르가소 바다』(*Wide Sargasso Sea*)를 통해 되받아친 것과 같은 의미에서 문학 작품을 다시 쓰는 작업이다. 아프리카계 미국소설에서 다른 예를 찾는다면 마거릿 미첼(Margaret Mitchell)의 『바람과 함께 사라지다』(*Gone with the Wind*)를 다시 쓴 앨리스 랜달(Alice Randall)의 『바람은 이미 사라졌다』(*The Wind Done Gone: A Novel*)일 것이다. 미첼 측은 랜달의 책을 불법적인 표절로 보고 랜달은 자신의 책을 패러디라고 주장해 출판금지 소송에 휘말린 『바람은 이미 사라졌다』는 법정 소송까지 간 후에야 합법적으로 판매될 수 있었다. 이 소설은 원작의 여주인공인 스칼렛 오하라(Scarlett O'Hara)의 의붓 동생이자 흑인인 시나라(Cynara)의 시각에서 재구성된 소설이다.

『캐나다로의 탈주』에서 리드는 진정한 자유의 의미, 문학작품 속의 스테레오타입 문제, 표절행위 등을 문제시 하고 있다. 리드는 공개적으로 해리엇 비처 스토(Harriet Beecher Stowe)의 『톰 아저씨의 오두막』(*Uncle Tom's Cabin*, 1852)의 표절행위를 문제시하고 있다. 리드의 소설은 노예 서사를 쓴 조사이어 헨슨(Josiah Henson)의 『예전에 노예였던 조사이어 헨슨의 삶』(*The Life of Josiah Henson: Formerly A Slave*, 1849)을 염두에 두면서 스토의 소설을 올바르게 쓰고/다시 쓰고 있다.[19]

리드의 다시 쓰기는 헨슨의 노예 서사를 선택적으로 작품에 끌어들인 스토의 글쓰기에 문제를 제기하고, 캐나다로 탈주해 복음을 설파하고 도망 노예들을 위한 학교를 세운 헨슨을 다시 평가하는 작업으로 이어지고 있다. 또한 리드는 『캐나다로의 탈주』에서 헨슨의 작품 속에 등장했지만 스토의 작품 속에서는 사라진 미국 인디언의 실재를 다루고 있으며, 영웅적인 인물에서 기독교에 순응하며 순교자적인 운명을 맞고 충직한 노예로 전락한 엉클 톰이라는 인물을 부두교적 관점에서 재해석하고 있다.

다음의 글은 리드가 스토와 헨슨에 대해서 작품에서 언급하는 부분으로 리드는 표절행위는 원작자의 혼을 빼앗는 것과 같은 일임을 강조하고 있다.

그녀[스토]가 미국소설을 대중화해서 유럽에 소개했다. 『톰 아저씨의 오두막』. 하지만 글쓰기는 이상한 것이다. 그 이야기가 그녀에게 대가를 치르게 했다. 그 이야기는 그녀가 조사이어 헨슨에게 "빌린" 이야기였다. 해리엇은 실크 드레스를 한 벌 살 만큼의 돈만 원했다. 제지공장은 밤낮으로 가동됐다. 그녀는 조사이어 헨슨의 책을 읽었었다. 해리엇은 빈틈없는 사람이었

---

19) 『캐나다로의 탈주』에 나타난 작품 개작은 신진범의 「역사(그의 역사)를 다시 쓰고 올바로 쓰기: 『노예였던 조사이어 헨슨의 삶』, 『톰 아저씨의 오두막』, 『캐나다로의 탈주』에 나타난 문학적 개작 연구」("Rewriting/ Righting His(S)tory: A Study of Literary Revision in *The Life of Josiah Henson: Formerly A Slave, Uncle Tom's Cabin* and *Flight to Canada*")를 참고할 것.

다. 『예전에 노예였던 조사이어 헨슨의 삶』. 77쪽 분량이었다. 그것은 짧은 것이었지만 그의 소유였다. 그것은 그가 가진 전부였다. 그의 이야기였다. 당신도 알다시피 한 남자의 이야기는 그의 부적이다. 그의 이야기를 빼앗는 것은 그의 부적을 갈취하는 것과 같다. 그것은 그 사람의 존재와 같은 것이다. 그것은 한 남자에게서 그의 에테르 복체(에너지 장)를 강탈하는 것과 같다. (8)

헨슨과 스토의 이야기는 『노예 소녀의 인생에서 일어난 사건들』(*Incidents in the Life of a Slave Girl*)을 쓴 해리엇 제이콥스(Harriet Jacobs)와 스토의 관계에서 의미가 더욱 부각된다. 자신의 노예서사를 출판하고자 했던 제이콥스는 스토에게 집필관련 도움을 청하고 스토를 만나서 자신의 의도를 이야기했다. 하지만 스토가 자신의 이야기를 취사선택하면서 이용하려고만 하고 자신이 말하고자 하는 바를 온전히 담아낼 수 없다고 하자 제이콥스는 스토의 도움이 필요 없다고 결론 내리게 되었다(Morgan 88).

리드는 스토의 소설에서 문제가 되고 있는 판에 박힌 등장인물, 아이티에 대한 부정적인 이미지, 순종적인 흑인 유모, 주요 등장인물의 기독교로의 개종, 유순한 탑시(Topsy) 등을 다시 쓰며, 실존 인물과 더욱 유사한 등장인물을 제시하며, 이들을 영웅적이고 트릭스터에 가까운 인물로 변형시키고 있다. 리드는 『캐나다로의 탈주』에서 스토로부터 전화를 받고 자신의 이야기를 쓰고 싶다는 스토의 제안을 거절하는 엉클 로빈(Uncle Robin), 노예주로부터 캐나다로 도망을 치는 퀵스킬(Quickskill), 백인 여주인을 제압하는 매미 바라쿠다(Mammy Barracuda), 박사학위를 받는 카토(Cato) 등과 같은 인물을 등장시키면서, 스토의 소설에 나타나는 유순하고 모든 고통을 감내하는 엉클 톰과 반항아에서 선교사로 변하는 탑시와 정반대의 트릭스터적인 인물을 제시하고 있다.

탑시와 관련된 스테레오타입 부수기는 로버트 알렉산더(Robert Alexander)의 『난 네 아저씨가 아니야: 새로 수정된 톰 아저씨의 오두막』(*I Ain't Yo' Uncle: The New Jack Revisionist Uncle Tom's Cabin*)을 평가한 다음의 글을 통해서도 다양하게 제시되고 있다.

> 알렉산더는 톰 아저씨, 탑시, 일라이저를 포함하는 스토의 흑인인물이 스토와 맞서게 한다. 그들은 스토의 선의에도 불구하고 스토가 자신들을 1995년에도 여전히 아프리카계 미국인을 괴롭히는 판에 박힌 인물로 축소시켰다고 비난한다. 그런 다음 그 등장인물들은 자신들의 아프리카중심적인 관점에서 스토의 이야기를 다시 말한다. 마침내 전통적으로 사랑스러운 장난꾸러기로 그려진 탑시는 화가 나고 전투적인 1990년대의 여성으로 변화한다. (Rizzo 50)

리드는 『캐나다로의 탈주』에서도 부두교 미학을 끌어들이며 헨슨과 스토 작품을 참조하면서 "흑인조상들이 강신술(降神術)이라고 부른, 미래를 예언하기 위해 과거를 뒤돌아보는"(Reed 1974, 22) 행동을 통해 "사람들로 하여금 해리엇에 대한 패러디 물과 순회극단 쇼를 쓰게 하는"(19) 부두교의 정령인 구에데(Guede)를 소개한다. 리드는 『톰 아저씨의 오두막』에 등장하는 기독교와 자신이 쓴 『캐나다로의 탈주』에 등장하는 부두교를 대비시키면서 문학정전에 말 걸기를 시도하고 있으며 전형적인 인물들을 전복적인 인물로 뒤바꾸고 있으며 일신교를 다신교와 연결시키고, 이를 다문화주의와 연결시킨다.

탐정소설이라는 문학 장르를 통해 전개되는 『멈보 점보』는 포스트모던 아프리카계 미국소설로, 한편으로는 기존의 탐정소설 작가들인 폴린 홉킨스(Pauline Hopkins), J. E. 브루스(J. E. Bruce), 루돌프 피셔(Rudolph Fisher)와 체스터 하임즈(Chester Himes) 등의 기법과 구조를 토대로 하여 포스터모던적인 장치들과 부두교에 관련된 의식이 섞이면서 전개된다. 리드가 주로 사용하는 것들은 복합시점, 영화기법, 대화인용부호 삭제, 신화의 개작, 작품 끝에 인용문헌의 수록, 편지글, 공연 초대장, 신화에 대한 그림 등이다.

이 소설은 월플라워 오더(Wallflower Order)와 파파 레이버스 일행이 "저스 그루"(Jes Grew)를 두고 경쟁을 하는 것을 중심으로, 1920년 미국에서 벌어지는 사건의 근원을 신화의 세트(Set)와 오시리스(Osiris)의 관계로 거슬러 올라가면서 전개된다. 이 소설의 중요 주제로는 아프리카계 미국인의 전통인 블루스·재즈·춤 등의 억압과 그런 것에 대한 저항이 다루어지고 있는데, 이러한 아프리카계 미국인의 문화는 노예로 미국이라는 신대륙에 끌려온 그들에게 있어 생명수와 같은 역할을 한다. 월플라워 오더는 계속해서 아프리카계 미국인들의 문화를 억압하려고 노력해왔고, 소설이 전개되는 1920년을 전후로 계속적인 노력을 한다. 이러한 그들의 노력은 종교의 획일화, 가치관의 단일화, 보편화를 지향하는 것과 병행되면서 부두교를 이단시하고 아프리카에 뿌리를 둔 문화의 여러 형태인 저스 그루를 말살하려는 것으로 표면화된다.

『멈보 점보』에 등장하는 단체들 가운데 무타피커(Mu'tafikah)는 리드가 소설에서 이야기하고 있는 것처럼 "소돔과 고모라의 방랑자처럼 자유롭게 유랑하는 사람들"(15)이다. 그들이 주로 하는 일은 전 세계, 즉 주로 3세계, 아프리카, 중동, 아시아에서 제국주의 국가가 탈취해온 국보급의 문화재를 박물관으로부터 훔쳐서 본국으로 송환시켜주는 일이다. 리드는 무타피커 구성원들을 등장시키면서 그들을 통해, 서구 열강이 훔친 각국의 문화재의 종류를 열거하며 제국주의의 만행을 다루면서도 한편으로는 무타피커의 구성원들이 표방하는 본질주의와 민족중심주의적 경향을 비판한다.

리드가 신후두 미학의 주역으로 설정한 파파 레이버스는 헨리 루이스 게이츠 2세(Henry Louis Gates Jr.)가 『의미화하는 원숭이: 아프리카계 미국문학 비평이론』(*The Signifying Monkey: A Theory of African-American Literary Criticism*)에서 연구한 부두교의 에수 엘렉바라(Esu-Elegbara)의 특성을 지닌 신화적인 인물이자, 체스넛의 『여자 마법사』에 등장하는 엉클 줄리어스의 현대판 형상으로 형이상학적인 존재들 사이에서 형사와 같은 역할을 한다. 파파 레이버스는 오시리스의 후예로 월플라워 오더로부터 저스 그루를 보호하고 그 모체인 『토스의 책』(*The Book of Thoth*)을 찾아서 아프리카계 미국인의 문화를 더욱 발전시키려고 한다. 그는 부두교의 대사제와 같은 존재로 정령(loa)들의 속성을 알고, 로아에게 신이 들려 힘들어하는 사람들을 치유시킨다. 그는 소설의 마지막 장면에서 1960년대의 대학생들에게 1920년대의 할렘 문예부흥의 의미와 성과를 강의하는 사람으로서 "머리가 둘인 사람"(2-headed man)처럼 지혜로운 인물이다.

> 정오의 후두, 도망자·은둔자, 오베아 주술사, 식물학자, 동물 성대모사 전문가, 머리가 둘인 사람, 무엇이든 될 수 있는 파파 레이버스는 50살이고 유연한 사람이다. (그는 마음껏 먹고 자기 부정과 채찍질 같은 과시로 그리스도인임 드러내 보이는 것을 믿지 않지만). (45)

파파 레이버스가 저스 그루로 하여금 "토스의 책"을 찾도록 도와주는 역할을 하고 있다면, 아이비리그(Ivy League)를 패러디한 단체인 월플라워 오더는 생명력이 넘치는 아프리카계 미국인의 문화를 말살하고, 그 문화의 복합체인 저스 그루를 소멸시키고자 하며 저스 그루가 찾아다니는 『토스의 책』을 저스 그루와 파파 레이버스보다 먼저 찾아서 불태워버리려고 한다. 월플라워 오더는 저스 그루가 미국에 만연하자 그것을 없애기 위해서 여러 방법을 고안한다. 그 가운데 하나는 아프리카계 미국인의 대변자로 자처하며 그들을 갈라놓고 이간질시킬 "말하는 인조인간"(Talking Android)을 만들어 내는 것이다. 리드는 저스 그루, 파파 레이버스와 대조를 이루는 월플라워 오더의 본부를 생명력이 없는 공간으로 묘사한다.

> 월플라워 오더의 본부. 이곳에는 진짜 물건이 하나도 없다. 모든 것이 폴리우레탄, 폴리스텔린, 투명 합성수지, 플렉시 유리, 아크릴레이트, 마일라, 테플론, 페놀, 폴리카보네이트로 만들어져 있다. 합성 물질이 가득한 갤리모프라이 같다. 당신은 나무를 싫어할 것이다. 당신에게 인간의 씨앗을 상기시키는 것은 아무것도 없다. 그 미학은 하품처럼 힘없고, 단조로우며, 과장되고, 지루하고, 창백하고, 재미없다. (62)

월플라워 오더의 미학을 하품에 비유한 이 장면은 월플라워 오더 본부를 묘사하는 장면이다. 리드는 이 장면을 묘사하면서 월플라워 오더의 성격을 합성된 가공물과 관련지으면서 생명력이 없는 공간으로 묘사하고 있다. 리드는 기독교의 영향아래 아프리카 장인이 어떻게 변했는가를 언급하면서 아프리카인의 희극적인 요소가 기독교의 영향을 받으면서 비극적인 요소로 변한 것을 지적한다.

... 그 옛 장인들은 예술에 우스워 견딜 수 없고, 너무 웃겨 배가 아픈 풍자적인 방식을 도입했다. 아프리카 인종은 뛰어난 유머 감각이 있었다. 기독교의 영향을 받은 북아메리카에서는 그들 중 많은 사람들이 기교를 부리지 못하고 무뚝뚝하고, 의기소침하며, 지르퉁하고, 냉소적이고, 악의를 품은 존재로 위축되었다. 미국의 지식인들은 오직 슬프고 심각한 작품만 좋게 평가했다. (96-7)

아프리카인의 예술작품이 기독교 영향을 받으면서 그 본연의 독창성을 잃어버린 사건을 의뢰 받고 그 원인을 추적하는 형사처럼 파파 레이버스는 1000년을 거슬러 올라가 이집트 신화, 그리스 시대, 모세의 시대로 역행하고 다시 현재로 시점을 옮기면서 그 원인을 찾고 있다. 1000년 이상의 시간을 자유롭게 왕래하며 전개되는 이 소설은 미국 역사를 모은 "콜라주"(collage)(Lenz 308)처럼 역사와 이야기, 환상과 우화, 신화와 현재를 혼용하고 있다. 또한 이 소설은 신후두 미학을 토대로 아프리카와 신대륙을 이어주는 아프리카계 미국인의 종교와 문화를 다룬다는 점에서 이산문학을 이어주는 가교의 역할을 하고 있다. 다시 말하자면 역사와 종교를 다시 쓰고, 신화와 문화를 재정의하고 있는 것이다. 세트는 오시리스를 살해한 후 그 시체를 14토막으로 잘라버린다. 1000년의 세월이 지나서 월플라워 오더에 의해 고용된 뱀톤 역시 『토스의 책』을 14명의 사람들에게 14등분해서 보관하게 한다. 세트와 뱀톤이 시체를 찢고, 『토스의 책』을 나누는 것은 아프리카 대륙에서 세계 도처로 흩어진 아프리카인의 이산을 상징하는 것으로 많은 흑인들이 정신적, 육체적 상해를 입고 세계의 여러 지역으로 끌려온 것 역사를 의미하고 있다.

이 소설에서 미국에서 후두교 의식을 행하는 파파 레이버스와 블랙 허먼(Black Herman)은 아이티에서 온 베노이트 배트라빌(Benoit Battraville)을 만난 후 뱀톤 일행의 역사와 미국과 아이티와의 관계를 이해하게 된다. 아이티를 모국에 더 가까운 곳으로 표현하는 베노이트 배트라빌은 이산으로 인해 끊어지고 분리된 역사와 문학을 복원시켜주는 매개자의 역할을 한다. 다시 말해 식민주의와 노예무역 등으로 강제적 이산을 경험해서 고립된 섬 같은 존재로 살아온 아프리카의 후손들에게 정체성을 확립시키는 역할을 하는 것이다. 모국에 더 가까운 곳에서 온 흑인과 모국과 멀리 떨어진 곳에 있는 흑인들은 서로 만나서 자신들이 가지고 있는 독특한 정보를 말함으로써 고통을 나누고, 흩어진 역사와 전통을 교환하면서 서로의 정체성을 확립시켜주는 것이다. 또한 리드는 세계 도처에 흩어진 이산을 하나로 연결하는 것과 병행하여 미국 내에 있는 아프리카계 미국인의 상호협력에 초점을 맞춘다.

다음번에 사당에 가면 탬버린을 힘차게 흔드는 합창대의 코러스에 힘을 얻는 독창자를 보도록 하세요. 그리고 그 독창자가

"신령이 자신에게 왔을 때" 그 결정적인 순간에 자신의 고개를 치켜들지 않는지 보세요. 그 곳에는 온통 그런 일이 있지요. 그렇죠? 난 그 사실을 알았어야 했어요. 다른 방법들이죠. 다른 신호들이지만 그 모두가 당신이 가고자 하는 곳으로 당신을 안내하죠. (139)

이 장면은 블랙 허먼이 로아에 사로잡힌 얼린(Earline)을 치유하고 난 이후에 파파 레이버스에게 일종의 교훈을 주는 장면이다. 블랙 허먼은 파파 레이버스가 당면한 문제를 해결하지 못하는 시점에서 그 일을 이어받아 해결해주고 있는데 이 장면은 베노이트 배트라빌이 미국에 있는 파파 레이버스와 블랙 허먼에게 잊힌 역사와 전통을 상기시켜준 것 같이 미국 내에 있는 아프리카계 미국인들의 협력을 암시하고 있다. 이러한 것은 "아프리카의 주주(Zuzu) 종교"(Lindroth 193)가 아이티에 와서 부두로 바뀌고 그것이 다시 미국으로 와서 후두로 바뀌면서 여전히 아프리카와 아이티, 미국을 연결해주는 보이지 않는 힘으로 작용하고 있으면서 단절되지 않고 계속 이어지는 것과도 유사하다.

리드의 신후두 미학은 마커스 가비(Marcus Garvey)가 주장한 아프리카로 돌아가는 것이 아니라 이산의 아픔과 인종차별을 겪고 있는 미국에 있는 아프리카계 흑인들이 아프리카의 혼과 같은 종교와 문화를 잃지 않고 생존하는 것을 그 골자로 하고 있다. 이 같은 리드의 신후두 미학은 정치적 올바름(Political Correctness)과 다문화주의(Multiculturalism)와 결합하여, 과거 아프리카계 미국문학의 역사에서 주장되었던 아프리카계 미국문학의 본질주의와 민족주의의 한계를 극복하고 이산문학을 서로 연결시키는 미학을 주장하는 것이다.

『멈보 점보』는 아프리카계 미국 문화의 여러 양상인 저스 그루가 미국 전역으로 퍼지던 1920년대의 할렘 문예부흥(Harlem Renaissance) 시대를 배경으로 하고 있다. 그동안 백인 및 아프리카계 미국 비평가들에게 할렘 문예부흥은 아프리카계 미국인의 폭넓은 지지를 받지 못한 것 때문에 실패한 것으로 여겨져 왔다. 이러한 비평가들의 의견을 바탕으로 휴스턴 베이커 2세(Houston Baker Jr)는 그들과는 달리 『모더니즘과 할렘 르네상스』(*Modernism and The Harlem Renaissance*)에서 할렘 문예부흥이 아프리카계 미국문학사에 끼친 영향을 재평가하면서 할렘 문예부흥에 대한 평가를 한 흑인학자들의 노력이 지배적인 학계의 인정을 받기 위한 노력에 불과한 것임을 강조한다(xvi-xvii).

여러 비평가들이 할렘 문예부흥을 실패한 것으로 생각하지만 리드는 베이커 2세처럼 "항상 흑인 미학자들의 공격으로부터 할렘 문예부흥의 예술적 자유를 변호해왔다"(Lenz 320). 그래서 리드는 이 소설을 1920년대의 상황과 1960년의 상황을 병행하며 전개시키고 있다. 그는 아프리카의 주술사들이 과거를 통해 미래를 예언하는 관행을 빌려 20년대의 시대배경을 통해 1960년대를 "의미화" (Signifying)하고 있다. 또한 리드는 1920년대와 1960년대를 다루면서 미학과 종교의 근원으로 거슬러 올라가는 작업을 병행하고 있다. 이렇게 함으로써 그는 1960년대의 상황에 보다 넓은 시각을 제공함과 동시에 아프리카계 미국 미학을 새롭게 만들어나가고 있는 것이다.

게일 존스(Gayl Jones)는 아프리카계 미국 미학을 논하는 글에서 인디언계 미국 문학가인 레슬리 마몬 실코(Leslie Marmon Silko)의 「푸에블로족의 관점에서 본 언어와 문화」("Language and Literature from a Pueblo Indian Perspective")에서 다음과 같은 실코의 말을 인용한다.

A지점에서 B지점으로, C지점으로 움직이는 구조에 익숙한 사람들에게 나의 발표는 다소 이해하기 힘들게 여겨질 수 있을 것이다. 그 이유는 푸에블로의 표현체계는 중간에서 방사상으로 뻗어 나온 많은 작은 실들이 서로 얽히고설킨 모양을 한 거미줄을 닮았기 때문이다. (Jones 6에서 재인용)

리드는 거미줄과 닮은 『멈보 점보』에서 아프리카계 미국 문학과 서구 유럽의 문학과 종교를 평가하면서 템플 기사단(Knights Templar), 이시스, 세트, 모세, 예수, 교황, 마르크스, 엥겔스, 융, 밀턴 등을 다시 읽는 작업을 시도한다. 리드는 "'질서정연한' 세상을 만들기 위해 욕심 부리고, 규명하고, 분류한 2000년"(153) 동안의 역사와 이야기를 통해 민족중심주의(Ethnocentrism)를 패러디하고 있다. 리드가 패러디하는 단체들은 예술품의 본국 송환에 관여하는 무타피커, 아프리카계 미국 민족주의를 외치는 압둘(Abdul) 등이다. 또한 리드는 마르크스와 엥겔스의 "487개의 글"(76)을 읽고서 그들을 만나러 와서 뱀톤에게 포섭되는 우드로 윌슨 제퍼슨(Woodrow Wilson Jefferson)(75)의 이야기를 통해 아프리카계 미국문학의 좌파 계열 작가와 사상가들을 패러디한다.

> 우리는 정치적 대의에만 관여한 것이 아니라 서구 문명의 핵심
> 과 연결되는 주장을 펼쳤다. 당신도 알다시피 많은 종류의 아
> 톤주의자들이 있다. 그들은 정치적으로는 "좌익", "우익", "중
> 도"가 될 수 있지만 그들 모두는 신성한 서구 문명과 그 사명
> 에 관여한다. 그들은 단지 서구 문명과 사명을 존속시키는 방
> 법에 있어서만 뜻을 달리 할 뿐이다. (136)

리드는 극을 향해 치닫고 있는 이들을 모두 의미화하고 있다. 랠프 엘리슨(Ralph Ellison)을 본격적으로 평가하면서 등장한 리드는 엘리슨의 모더니즘을 넘어서고 있는 포스트모더니스트로 알려져 있지만, 엘리슨과 리드는 공통점을 가지고 있다. 엘리슨이 『보이지 않는 인간』(Invisible Man)에서 형제단(Brotherhood)과 권고자 라스(Ras the Exhorter)를 다루면서 이 두 집단 모두를 비판하는 것

처럼, 리드도 월플라워 오더 외에도 무타피커와 윌슨, 압둘 등을 비판하면서 다양한 관점을 허용하기보다는 모든 것을 단일한 견지에서 보려는 시도를 하는 여러 종류의 민족중심주의적인 단체를 비판한다.

"형이상학적인 것들의 형사"인 파파 레이버스는 뱀톤을 체포하는 과정에서 유죄의 증거를 대라는 행크 롤링스(Hank Rollings)의 항의에 아톤주의자(Atonist)의 긴 신화를 이야기해준다. 이 신화는 『토스의 책』의 기원에 대한 이야기와, 이시스·오시리스·세트·호루스(Horus)·모세의 이야기와 함께 1000년을 산 뱀톤의 과거 이야기가 거미줄처럼 짜여 있다. 이런 거미줄과 같은 이야기 구조는 실코가 이야기한 것과 같이 직선적으로 뻗어나가는 화술에 반대하는 것이며, 역사가 직선적으로 발전하며 진보한다는 역사관에 의문을 제기하는 서사구조로 사용된다. 이 같은 리드의 생각은 인류학자인 레비스트로스(Claude Levi-Strauss)와 일맥상통하는 면이 있는데 "루소의 사유적 소재와 문제의식을 이어받은 레비스트로스는 자연과 문화를 진보의 개념에서 파악하지 않았다"(주경복 37).

이시스와 오시리스, 세트에 대한 파파 레이버스의 이야기는 세트가 춤과 음악, 농사와 풍요의 신인 오시리스를 죽이고 그 시체를 14토막으로 내는 과정과 그 이후로 그토록 제거하고자 한 오시리스적인 요소가 다시 고개를 쳐드는 긴 역사를 나열하고 있다. 리드는 14토막으로 찢겨진 오시리스의 육체와 흑인들의 이산과 이산종교를 연결시키면서 오랫동안의 박해와 탄압 동안에도 끊임없이 회복되는 이산종교의 생명력을 강조하며 이산종교의 회귀가 함의하고 있는 바를 강조한다.

모세는 세트에게 다시 포섭되고, 이시스에게 그 책을 빼앗지만 "이시스가 페트로적인 상태에 있을 때"(180) 그 책을 뺏어왔기에 기대했던 것과는 반대의 효과를 거둔다. 그 책은 나중에 도서관 사서로 있는 뱀톤의 수중에 들어오게 되어 뱀톤이 미국에 가지고 오게 된다. 이시스와 오시리스에 관한 신화는 이 책의 많은 부분을 차지하고 있다. 1920년대와 1960년대 안에 배치되어 있는 신화의 역할은 아톤주의자의 획일화된 미학과 종교가 어떤 역사를 겪으면서 이루어지게 되었는가를 설명하는 부분이다. 또한 이 부분에서는 오시리스를 흉내 내는 사람들이 그 일을 행할 때 발생되는 해악과 일화들을 코믹하게 묘사하고 있다.

리드는 모세의 기적을 패러디하며, 모세가 훔친 비법을 통해 마법을 행사하는 부분에서는 핵폭탄을 나타내는 부분을 등장시킨다. 또한 이 부분에서 미국이 그동안 전쟁에 관여한 횟수와 그 전쟁에 사용된 무기를 도표로 그려 넣으면서, 훔친 비법을 옳게 사용하지 못하면 생태계 파괴까지 초래할 수 있다는 것을 암시한다. 이러한 것은 미국이 세계 질서에 공공연히 개입해온 것을 패러디하는 것이며 이런 개입을 보코(bokor)의 행위로 규정하는 것이다.

뱀톤은 『토스의 책』을 14명에게 나누어 보관시키고, 그 14명이 서로에게 이 책을 돌리게 함으로써 이 책을 지키려고 한다. 그 14명 가운데 한 명이 압둘에게 책을 주게 되고 압둘은 그 책을 번역하다가 결국 불태워버린다. 저스 그루에게 있어 모체와 같은 역할을 하는 『토스의 책』이 불타버리는 것으로 끝나는 것은, 1920년이 아프리카계 미국인의 문학과 문화의 전성기를 이루기에는 적합하지 않은 시대임을 나타내는 것이다. 또한 압둘이 그 책을 태우는 것은 아프리카계 미국인들 사이의 반목과 시기로 인하여 그들이 통일된 비전을 제시하지 못하는 현실을 반영하는 것이다.

리드는 전통적인 소설의 서술방법에 차이를 둠으로써 신후두 미학을 드러낸다. 아프리카계 미국문학은 초기 노예설화를 시작으로 사실주의, 자연주의, 모더니즘, 포스트모더니즘으로 발전해왔다. 리드는 포스트모더니즘 시기의 작가로, 그는 포스트모더니즘의 서사 장치로 탐정소설, 신후두 미학, 영화기법, 신화, 복합인칭, 복합화술등을 사용한다. 허스턴은 『그들의 눈은 신을 쳐다보고 있었다』에서 자유간접화법을 사용하면서 주인공 재니의 분열된 자아를 표현하였다. 게이츠 2세와 바바라 존슨(Barbara Johnson)은 허스턴의 화법을 연구하면서 이러한 화법이 아프리카계 미국인의 방식으로 전유되어 "공동체적 자유간접화법"으로 변화했음을 지적한다.

『멈보 점보』에서 리드는 인용부호를 생략하고 편지, 팸플릿, 간판, 책의 인용, 라디오 방송 멘트와 사진, 도표 등을 결합시키면서 새로운 유형의 서술을 시도하고 있다. 특히 인용부호 없이 이어지는 대사에서 여러 명이 말을 하는 경우 누가 이야기를 하고 있는 것인지, 어디까지가 한 사람의 대화인지를 전혀 알 수 없게 만든다.

이와 같은 방법으로 리드는 그동안 하나의 공식처럼 굳어버린 전통적인 서사에 말을 걸고, 그러한 관행을 "의미화"함으로써 전통적인 서사를 벗어나는 실험을 하고 있는 것이다. "강하고도 활기찬 짧은 동사형과 현재 시제를 좋아하는"(58) 월플라워 오더는 단일한 미학과 유일한 종교를 정착시키려고 노력한다. 리드는 『멈보 점보』에서 앞에서 언급한 다양한 장치와 아프리카계 미국인의 글쓰기 전략을 통해서 그의 신후두 미학을 돋보이게 하고 있다. 신후두 미학은 신후두교의 속성이 절충적이고 다양한 것을 수용하는 것처럼 여러 미학과 인종, 예술 장치, 종교, 신화를 포함하는 것이다. 이러한 신후두 미학의 실례는 리드가 이 책의 구성을 영화의 서사를 빌려와서 사용한 것과도 관련이 있다.

이 소설은 1장이 먼저 나오고 그 다음에 책의 제목과 출판사가 나온다. 그 뒤를 잇는 것은 허스턴과 존슨의 글에서 인용한 제사이고, 그 다음 페이지는 헌사로 이어진다. 또한 이 책의 마지막 장면은 "정지 화면"(Freeze frame)으로 끝이 난다. 이 같은 서술의 효과는 전통적인 소설에서 요구되는 서사를 거스르는 것이다. 특히 이 같은 서사를 지탱시켜 주는 언어는 리드가 "말들이 세계를 건설했고, 말들이 그 세계를 파괴할 수 있다"(『캐나다로의 탈주』81)라고

말했듯이, 의미화하는 원숭이가 내뱉는 "의미화"의 도구로 사용된
다.

『멈보 점보』의 서술은 영화의 서사를 차용한 것 외에도 탐정
소설의 유형을 혼합시키면서 환상과 사실, 역사와 이야기 사이를
오가는 것이다. 또한 이 소설의 전반에 걸쳐 흐르는 분위기는 "조
상 숭배", "애니미즘", 그리고 신후두교의 종교적인 제의식을 포함
하는 것이다. 리드는 "현재와 미래를 설명하기 위해 과거에서 은유
를 찾고자"(Lenz 317)한다. 리드는 아프리카계 미국문학의 1960년
대 상황과 미래를 설명하기 위해서 1920년대와 1000년에 걸친 여러
은유들을 찾고자 한 것이다. 신후두 미학을 기반으로 한 이 같은 서
사에서 파생되는 것은 "치유적인 미학"(therapeutic aesthetics)(Lowe
107)으로 이산의 경험과 이산으로 인한 분열을 치유하는 것이다.

리드는 이 책에서 구에데(Guede)와 보코에 대해서 자세히 소
개하고 있다.

> 주로 라다와 페트로로 나누어지는 의식들은 본래부터 선하거
> 나 악한 것은 아니다. 사람들이 그것을 어떻게 사용하느냐에
> 달려있다. 부두의 제사장인 호웅간은 오른손으로 라다 의식을
> 행한다. 사악하고 시시한 보코들은 그 의식을 왼손으로 행한
> 다. 왼손으로 행하는 불결한 일은 고대이집트 시대부터 북아메
> 리카에서까지 불쾌한 것으로 여겨졌다. (213)

『멈보 점보』에서 구에데의 역할을 하는 것은 파파 레이버스, 블랙 허먼 등이고 보코의 역할을 하는 것은 세트, 모세, 뱀톤이다. 모세는 이시스에게 『토스의 책』을 뺏고서 사람들을 향해서 자신이 터득한 마법을 행사한다. 하지만 모세가 마법을 행사할 때 모세가 부르는 노래를 들은 사람들의 "귀에서 피가 흐른다"(183). 모세가 마법을 행하는 이 장면은 "라다"(Rada)와 "페트로"(Petro)가 보코에 의해서 잘못 사용되는 예를 보여주고 있다. 듣는 사람들의 귀에서 피가 흘러나오는 것은 풍요와 즐거움의 원천인 라다와 페트로의 마법이 보코에 의해 오용된 것을 나타내는 것이다.

리드는 저스 그루가 텍스트를 찾는 이 소설에서 저스 그루에 대해서 정의하며 저스 그루는 아프리카계 미국인의 춤, 음악 그리고 슬랭을 포함하는 것이라고 설명하고 있다. 이러한 저스 그루의 속성에 대해 리처드 라이트(Richard Wright)는 "알려지지 않은 형태들"(forms of things unknown)이라고 불렀다. 아프리카계 미국문학사에서 자연주의시기에 작품을 쓴 라이트는 인종차별 폐지론자로 "알려지지 않은 형태들"이 사라지는 것은 아프리카계 미국인의 삶과 예술에서 긍정적인 단계를 암시하는 것이라고 말했다. 한편 아미리 바라카(Amiri Baraka)는 라이트와는 다른 생각을 가지고 있었다. 바라카는 블루스, 재즈, 그리고 아프리카계 미국인의 하층민이 사용하는 여러 표현 형태가 계속적으로 발전되어야 한다는 것을 강조한 바 있다(Baker Jr. "Generational Shifts" 288).

『멈보 점보』에서 "알려지지 않은 형태들"은 다시 저스 그루로 등장하게 된다. 저스 그루는 그 모체인 텍스트를 찾기 위해 미국 전역에 만연했다가, 압둘이 그 책을 불사르는 것을 기점으로 사그라지게 된다. 리드는 이러한 "알려지지 않은 형태들"인 저스 그루에 대해서 다음과 같이 묘사한다.

> 존슨은 "그것은 어느 누구의 것도 아니다"라고 말했다. "그것의 말은 문서화하기 힘들지만 그 선율은 견딜 수 없는 것이다." 찰리 파커가 에베레스트 산만큼 높은 음계를 탈 수 있게 만든 어떤 것 혹은 다른 것인 저스 그루. … 저스 그루는 자신의 기도를 찾는 길 잃은 기도서이다. … 저스 그루는 자신이 미국의 "히스테리"를 심어준 1920년대까지 선회하며 돌아다니고 있었다. (211)

리드는 『멈보 점보』로 "프로이트 반대론자"(anti-Freudian) (Gates Jr & McKay 2285)로 불린다. "아톤주의자 패스"(Atonist Path)는 끊임없이 저스 그루를 억압하려고 한다. 이 책에서 리드는 "히스테리"(hysteria)의 근원을 이시스와 오시리스, 세트의 신화에서부터 추적하고 있다. 디오니소스적인 제식과 풍요의 상징인 오시리스가 세트에 의해 살해당하자, 세트가 제일 먼저 한 일은 춤과 노래, 그리고 남녀 간의 성행위를 금지시킨 일이었다. 세트에 의해 억압의 문화가 시작된 것이었다. 리드는 이처럼 자연적인 현상을 억누르고, 다문화적인 것을 금지하고, 다양한 견지를 허락하지 않는 관행에서 히스테리아가 발생하고 있다는 점을 강조한다.

> 그리스 사람들은 이집트에서 파생한 이런 신비의식을 위해 사원을 지어 사람들이 넋을 잃고 신들이 그들 몸에 들어갈 수 있는 장소를 마련해주었다. (약 10세기에 아톤주의자 사제들은 이런 현상을 악마적인 신들림 현상으로 부르거나 그리스어인 다이몬이 사악한 것을 암시하도록 언어를 더럽혔다.) 그 후에 등장한 아톤주의자인 [어떤 전기 작가에 의하면 모세와 크롬웰, 그리고 다른 군국주의자들의 열렬한 추종자인] 프로이트는 이것을 "히스테리"라고 불렀다. (169)

앞에서 이야기한 "알려지지 않은 형태들" 즉, 아프리카계 미국인의 문화는 리드에 의해서 다시 한번 그 중요성이 부각되고 있다. 리드는 아시아, 아프리카, 카리브 해에 산포해 있는 부두교의 의식과 부두교에서 파생한 가치관을 사용하며 신후두 미학을 확립한다. 바꾸어 말하자면 리드의 신후두 미학은 아프리카계 미국문학의 미학에서 대두되었던 "아프리카계 미국 미학"을 "새로 명명하는" (re-naming) 기능을 하는 것이다. 1960년대 래리 닐(Larry Neal), 바라카, 애디슨 게일 2세(Addison Gayle Jr) 등은 "아프리카계 미국 미학"을 정립하려고 노력했다. 닐은 「흑인 예술 운동」("The Black Arts Movement")이라는 글에서 다음과 같이 말한다.

흑인 예술은 블랙 파워의 미학이자 영적인 자매이다. 그러기에 흑인 예술은 미국 흑인들의 필요와 열망을 직접적으로 드러내는 예술을 계획하는 것이다. 이런 과업을 이루기 위해 흑인 예술 운동은 서구의 문화 미학의 급진적인 재구성을 제안한다. 흑인 예술 운동은 별개의 상징, 신화, 비평, 도상학을 제안한다. (184)

리드는 『멈보 점보』에서 이 같은 아프리카계 미국 민족주의자들의 미학이 아프리카계 미국문학을 해방시키지 못하고 좁은 틀 안에 가둘 수 있는 위험성을 지적하며 대안으로 신후두 미학을 제시한다.

"비평가들이 접근하기를 두려워하는 영역"(Johnson 9)을 다루는 『멈보 점보』는 불확정적인 텍스트로 인식되어, 어떤 비평가들에게 있어서는 일반 영어사전에서 풀이하는 말인 알아들을 수 없는 말로 들릴 수 있다. 하지만 이 작품은, 멈보 점보의 본래 의미가 한 맺힌 조상신의 한을 살풀이하는 마법사인 것과 같이, 그동안의 미학과 문학, 그리고 역사를 다시 재조명하는, 조상들의 한풀이를 하는 텍스트로 읽힐 수 있을 것이다.

언뜻 보면 리드가 『멈보 점보』를 통하여 강조하고 있는 신후두 미학이 이교적인 종교를 바탕으로 한 교리로, 라이트 혹은 다른 아프리카계 미국인의 미학과 별 차이가 없어 보일지도 모른다. 하지만 앞에서도 지적했듯이 신후두 미학은 이질적인 요소들을 서로 조율시키는 힘을 가지고 있기에, 다양성을 기반으로 한 미국문화와 문학에 다양한 견지들을 제공해줄 수 있는 문학장치로 기능할 수 있다.

리드는 "콜럼버스 이전 재단"(Before Columbus Foundation)을 만들어 다양한 인종, 민족 즉 소수 문학가들을 후원하고 책을 발행하는 작업을 통해 "노예 이상의 그 어떤 존재(흑인), 쿨리 이상의 그 어떤 존재(중국인), 그리고 프란체스코회 신부 이상의 어떤 존재들"(김성곤, 『미국 현대 문학』565)의 삶을 재조명하고 그 후예들의 이야기를 출판해서 잊힌 미국역사의 한 부분을 재기억하게 하고 개작하는 작업을 한다.

게이츠 2세는 『의미화하는 원숭이: 아프리카계 미국문학 비평이론』에서 서아프리카의 요루바 족의 기원신화를 연구하며 에수 엘렉바라라는 의미화하는 원숭이의 전신을 발견한다. 게이츠 2세에 의하면 엘렉바라는 미국에 와서 파파 레이버스가 된다. 구대륙에서 신과 인간의 중재자 역할을 했던 에수 엘렉바라는 신대륙으로 건너오면서 새로운 역할을 하게 된다. 그것은 구대륙의 문화적 유산과 신화체계를 신대륙으로 끌려온 노예들에게 상기시켜주는 것이다. 또한 의미화하는 원숭이는 "역사적으로 미국이 모든 병리를 아프리카계 미국인에게 전가하는 상황"(Zamir 1151)에서 기존의 질서 잡힌 세계를 교란하는 "트릭스터 인물"(trickster figure)의 역할을 한다.

"트릭스터 인물"인 파파 레이버스는 미국으로 끌려온 아프리카인의 후손으로 문화를 보존하고 후손에게 전수하는 역할을 한다. 뱀톤 일당을 물리친 파파 레이버스는 대학교에서 1920년의 시대상에 대한 강의를 한다. 그러한 파파 레이버스의 역할은 그의 강의를 들은 학생의 말을 통해서 알 수 있다.

> ... 당신 같은 나이 든 흑인들이 겪은 일을 우리에게 말해주지 않으면 흑인청년들이 그런 일을 어떻게 알 수 있을까요? 전 때때로 우리가 아름답다고 아무리 외쳐도 우리는 우리의 경험을 부끄러워한다고 생각했어요. 각각의 세대는 선대의 실수를 반복하고 있다고 비난을 받아요. 그건 순환하는 거죠. (206)

아프리카계 미국인들 사이의 의사소통의 문제는 그들이 과거를 정확하게 알고, 자신들의 문화적인 뿌리에 발을 내릴 때 해결의 실마리를 찾는 것이다. 이 같은 악순환에서 벗어나는 길은 정확한 역사를 아는 문제와 관련이 있다. 『멈보 점보』는 『보이지 않는 인간』에서 아프리카계 미국인의 역사 가운데 중요한 부분을 다룬 것처럼, 아프리카계 미국문학사와 역사, 서구의 종교와 철학의 역사를 다시 거슬러 올라감으로써 백인들이 교묘하게 왜곡시키고 훼손시킨 흑인들의 역사들을 다루고 있다. 리드는 백인들이 언제부터 흑인의 역사와 종교, 문화를 평가절하했는지, 그 이유가 무엇이었는지에 대해 규명하며 후손들에게 올바른 흑인의 역사에 대한 이해와 교육을 제공하고 있다.

이렇게 함으로써 리드가 『멈보 점보』를 통해 드러내는 것은, 억눌린 이산종교의 회귀를 포함하는 것으로써 획일적인 가치관을 복합적인 가치관으로 대치하는 것이다. 이 작품에서 저스 그루는 압둘이 그 텍스트를 불태웠기 때문에 사그라지어 다시 텍스트가 나타날 때 그 전성기를 맞이하기 위해 동면기에 들어가게 된다. 이러한 저스 그루의 동면은 이후에 나타나는 다음 세대의 젊은 예술가들을 위한 것이다. 어떤 의미에 있어서는 리드가 바로 이들 예술가들 중의 한 명이고, 그 텍스트가 바로 이 소설일 수 있을 것이다. 이 소설은 춤과 음악과 슬랭이 억압에서 풀려 나오는 모체가 되고, 획일화된 가치관에 질문을 하면서 저스 그루가 찾는 텍스트가 되고 있다. 저스 그루가 찾는 텍스트일 가능성이 있는 『멈보 점보』는 복잡한 서술구조와 서술 장치의 사용으로 리드의 실험정신이 드러나 있는 텍스트임과 동시에 콜라주, 퀼트적인 요소로 짜여 있다. 그의 그러한 "스타일은 그동안 절대적인 것처럼 군림해 온 경험이나 현실이나 역사의 허구성과 가변성을 드러내기 위한 그의 전략일 뿐, 결코 경망한 언어의 유희나 환상의 탐닉이 아닌"(김성곤, 『포스트모던 소설과 비평』 313-4) 것이다.

리드가 『멈보 점보』에서 사용하고 있는 신후두 미학은 부두교에 그 기원을 두고 있다. 아프리카의 토착종교인 부두교가 아이티로 건너왔을 때, 아프리카의 다양한 부족의 문화·종교·신화는 하나로 통일된 형태로 아이티로 건너온 것이 아니라, 복합적인 형태로 아이티에 정착했다. 이러한 부두교는 미국으로 오면서 후두교로 변화된다. 19세기에 뉴올리언스의 흑인들에 의해 미국화된 형태인 후두는 리드가 이 책에서 지적하고 있듯이 박해를 받고 지하로 스며들게 된다. 하지만 아프리카계 미국인의 문화와 토착종교의 잔재는 후두와 함께 계속적으로 이어지고 있다. 리드가 이러한 후두교의 제의식과 문화를 차용한 것은 후두교를 신봉하자는 것이기보다는 후두교가 보여주고 있는 복합적이고, 여러 이질적인 요소를 조화시키는 가능성을 다문화주의와 연결시키려고 한 것이다.

리드는 "불확정성"을 대변하는 작가로 여겨지기도 한다. 그렇게 불리는 이유는 신후두 미학에 뿌리를 두고 있는 리드의 작품에서 구체적으로 제시되는 것이 없기 때문이다. 이 같은 리드의 입장은 과거 아프리카계 미국문학의 관행에 젖어 있던 사람들의 눈에는 아주 못마땅한 것처럼 인식된다. 자연주의 문학과 사실주의 문학, 아프리카계 미국미학, 할렘 문예부흥과 같은 아프리카계 미국문학의 특정한 시기에 속한 작가들의 신조는 주로 그 시대상을 뛰어넘지 못하고 그 특정한 시대의 대표적인 대변인으로 작용해왔다.

리드의 경우 포스트모더니즘이라는 소설장치와 신후두 미학에 근거해서 작품 활동을 하면서 신후두 미학을 기반으로 해서 아프리카 문학의 이산을 하나로 묶어 주고, 미국 내 소수민족 문학의 논의를 위한 토대를 마련해준다는 것이다. 그가 활동하고 있는 콜럼버스 이전 재단의 성격이 그러하듯이 다양한 인종과 종족의 글을 포함하는 확장된 정전을 바람직한 미국문학으로 규정하고 있는 리드의 신후두 미학은 그래서 미국 현대소설에 깊이와 폭을 더해주고 있는 것이다.

이 책의 앞부분에서 다룬 체스넛, 허스턴, 네일러, 와이드먼과 리드는 많은 점을 공유하고 있지만 서로 차이점이 있다. 그것은 리드가 신후두 미학과 다문화주의를 연결시키고 있으며, 흑인남성을 마법사로 등장시키고 있다는 점이다. 리드는 이산종교를 다루는 소설을 포스트모더니즘 기법을 동원시켜 전개시키고 있으며, 여기에 탐정소설을 결합시켜 종교와 문화 등을 획일화시킨 백인의 기획을 주인공이 조사하게 하고 있다. 그리고 리드는 다른 지역에서 온 마법사 혹은 주술사의 협동을 이산종교의 섞임과 상호보완으로 제시하면서 세계 여러 지역을 연결시키고 있다. 리드가 직접 아이티를 언급한 것은 이산종교를 미개한 것으로 여기며 제국주의적 욕망을 드러낸 미국을 고발함으로써 전 세계에 걸쳐서 이루어진 명분 없는 문명화를 재평가하는 것과 관련이 있다. 리드의 『멈보 점보』에서 초능력을 가진 사람들의 협동이 소개되었듯이 다음 장에서 다룰 모리슨의 작품에서 반복 재현되는 이 같은 협동과 정보공유는 또 다른 의미를 파생시키고 있다.

5

칸돔블레:
토니 모리슨

지금까지 살펴본 작가들은 마법사가 등장하는 민담, 생명을 살리거나 생명을 탄생시키기 위해 마법을 사용하는 마법사, 조상의 이산종교를 계승하는 후손의 이야기, 부두교 형사처럼 이산종교의 근원을 찾는 등장인물, 부두교와 후두교에 사용되는 약초요법을 작품에서 다루고 있는 작가들이었다. 5장은 이산종교의 또 다른 형태라 할 수 있는 칸돔블레가 소설 속에서 어떻게 재현이 되는지에 대해서 초점을 맞추어 살펴보게 될 것이다. 노예들이 끌려온 여러 지역에서 이산종교는 공통점이 있지만 약간씩 차이를 보이면서 그곳의 종교를 만나면서 크레올화 된다.

모리슨은 『빌러비드』의 소재를 마거릿 가너(Margaret Garner)의 유아 살해라는 실제로 일어난 사건에서, 『재즈』(*Jazz*)의 경우 제임스 밴더지(James VanDerZee)의 화보책자, 『할렘의 망자들』(*The Harlem Book of the Dead*)(Ryan & Majozo 139)에서, 『낙원』의 경우 『흑인사』(*The Black Book*)를 편집할 때 접한 오클라호마에 와서 흑인공동체를 세우라는 신문기사를 보고 찾았다. 또한 소설을 쓰기 위해 브라질로 자료조사를 떠난 모리슨은 수녀원에서 수녀들이 아프리카계 브라질(African-Brazilian) 종교의식을 행한다는 소문 때문에 남자들에 의해 마녀로 몰려 총살되었다는 이야기를 듣게 된다. 물론 이 사건은 떠도는 소문에 불과한 것으로 밝혀졌지만 모리슨은 이 두 가지 소재를 『낙원』에 투영시켰다.

『낙원』은 모리슨이 쓴 사랑과 관련된 3부작 가운데 마지막 작품으로 커터(Cutter)는 "빌러비드의 형상은 수녀원에 사는 5명의 여성들에게 나누어져 나타나는 것 같은데 그들 모두는 "여자아기의 꿈들을" 가진 것으로 묘사된다."(73)라는 말로 수녀원 여성들과 빌러비드의 유사성을 설명하며 모리슨 3부작의 상호 텍스트성을 설명한다. 모리슨의 사랑 3부작은 어머니의 너무나 진한 자식 사랑(『빌러비드』), 젊은 도카스(Dorcas)를 향한 조(Joe)의 맹목적인 사랑(『재즈』), 공동체를 향한 무모한 사랑(『낙원』)을 극화시키며 균형 잡힌 사랑을 강조하고 있다.

『낙원』에서는 흑인들만이 살고 있는 루비(Ruby) 공동체와 한 명의 백인을 포함한 흑인여성들이 살고 있는 수녀원이 대조를 이루고 있다. 루비 공동체의 경우 주된 종교가 개신교이며 피부색이 검디검은 흑인으로 이루어진 배타적인 마을로 흑인들의 순수한 혈통을 유지하려고 갖은 애를 쓰지만 혼혈 여성들이 그 마을로 시집을 오면서 마을의 순수한 혈통이 조금씩 무너져가고 있다. 한편 그들이 살고 있는 공간은 성스러운 수녀원이지만 여러 가지 점에서 이교도적인 특징을 가진 여성들이 사는 이 수녀원은 점점 루비 공동체의 남성들에게 눈에 박힌 가시와 같은 공간이 된다. 순수와 혈통을 지키려는 루비 공동체의 남성들은 인류 역사상의 마녀사냥에서 남성들이 그렇게 했듯, 모든 죄를 수녀원 여성들에게 투사하고 전가시키며 수녀원 여성들을 마녀 같은 존재로 몰아간다. 겉으로는 공동체의 번영을 위하고 마녀굴과 같은 공간을 없애야 하는 책임을 강조하는 것 같지만 그들의 차별은 경제적인 이윤과도 관련이 있다.[20] 모리슨은 수녀원에 있는 여자들의 생김새에 대해 다음과 같이 설명하고 있다.

---

[20] 테리는 "이야기가 전개됨에 따라 디컨과 스튜어드가 믿는 개신교는 점점 더 종교적 헌신보다는 물질적인 탐욕과 관련되게 된다."(194)라고 말한다. 모리슨은 남성들이 수녀원을 습격한 날을 1976년 7월이라는 날짜로 제시하고 있는데, 이는 미국 건국 200년을 가리키고 있다는 점을 감안한다면 루비 공동체 남성의 수녀원 습격사건을 통해 200년간의 미국의 인종정책 및 국가기획을 패러디하는 것으로도 해석될 수 있다. 이와 더불어 호손의 작품에도 나타나듯이 미국 인디언 등 소수인종/소수민을 악마화시키며 그들을 파괴하는 행동의 저변에는 경제적인 이윤에 대한 집착이 깔려 있다.

아무도 결혼식에 걸맞은 차림이 아니었다. 차에서 꾸역꾸역
몰려나오는 모습이 마치 고고장 여자들 같았다. 핑크색 반바지,
꽉 조이는 윗도리, 속이 훤히 들여다보이는 스커트, 덕지덕지
색칠한 눈에 립스틱은 아예 바르지도 않았다. 속옷도 입지 않
고, 스타킹도 신지 않은 게 틀림없었다. 이세벨의 가게를 약탈
했는지, 팔이며 귓불이며 목이며 발목에다 심지어 코까지 장신
구를 주렁주렁 달고 있었다. (156-7)

위의 인용에서 알 수 있듯이 수녀원 여성들은 정통 기독교 관
점에서 볼 때 악녀이자 마녀에 가까운 존재들이다. 하지만 루비 마
을에도 정통 종교의 관점에서 볼 때 마녀로 몰려 제거될 수 있는
독특한 인물이 살고 있다. 그 등장인물은 이 마을의 산파 역할을
하고 있는 론(Lone)이다. 론은 수녀원 여성들처럼 외부에서 온 인
물로 원래 루비 공동체의 일원이 아니었다. 헤이븐(Haven)으로 이
주 하던 흑인들이 "여행 중에 길에서 주워온 아기들 중 한 명이"
(190) 론이다. 수녀원에서 기적을 행하는 콘솔라타가 있듯이 루비
공동체에는 론이 사람들의 마음을 읽고 기적을 행하는 인물로 등장
한다. 루비 공동체의 남성들이 수녀원을 습격할 것이라는 사실을
감지하고 사건현장에 제일 먼저 도착한 인물도 론이다.
이 소설에서 88세의 할머니로 등장하는 론은 젊은 시절부터
사람의 마음을 읽게 되었다. 론과 콘솔라타의 관계는 흡사 무당과
신 내림을 받게 될 운명을 가진 사람과의 관계처럼 보인다. 신기가

있는 콘솔라타가 땀을 흘리자 론은 이를 알아보고 콘솔라타에게 "소금 맛만 나는 뜨거운 음료"를 준다. 마치 주술사 같은 론은 마법을 믿지 않는다는 콘솔라타의 말에 "사람들은 그걸로는 부족할 때가 있어"(244)라는 말을 하기도 하고 세상의 일을 종교와 마법, 주술로 나누기보다는 통합적으로 이해해야 한다고 말한다.

> "우리 모두에게 필요하다면 자네에게도 필요한 거야. 흙,
> 공기, 물. 하느님을 그분의 원소들과 따로 떼어놓고 생각하면
> 못써. 전부 하느님께서 창조하신 건데. 자네는 하느님과 하느
> 님의 피조물을 갈라놓으려고 고집을 피우고 있어. 하느님의 세
> 계를 어지럽히다니 안 될 말이지."(244)

세상 만물을 하느님이 창조했기에 다소 이상해 보이는 것들을 포함해야 한다는 론의 말은 작가인 모리슨의 종교관과 관련이 있다. 모리슨은 찰스 루아스(Charles Ruas)와의 인터뷰에서 자신의 종교관에 대해 다음과 같이 말한다.

> 흑인들은 예수에 대해서 굉장히 많이 이야기합니다. 그들은 기
> 독교에서 자신들의 상황에 적용할 수 있다고 느낀 모든 것을
> 선택합니다. 하지만 그들은 또한 우리가 미신이라고 부르는 다
> 른 일군의 지식 또한 간직합니다. ... 기독교는 흑인들에게 특
> 별하게 흥미 있는 것에 대해 이야기 합니다. 그것이 흑인들이

기독교를 잘 활용하는 이유 가운데 일부라고 생각합니다. 심적으로 매우 중요한 사랑과 관련된 것입니다. 어느 누구도 계속 화를 내며 살아낼 수 없습니다. ... 하지만 원수를 사랑하라, 다른 쪽 뺨도 내밀어라 같은 사랑과 관련된 것이 있다면 그들은 다른 것들을 승화시키고 그것들을 초월할 수 있을 것입니다. **... 나는 만일 그들이 간섭받지 않았다면 그들이 가지고 온 아프리카 종교의 남은 자취를 가지고 성공했을 것이라고 생각합니다.** 왜냐하면 아프리카 종교의 흔적은 흑인들이 일하고 노래하고 말하는 방식을 띠며 몇몇 형태로 생존했기 때문입니다. (Ruas 115-6 **필자강조**)

모리슨이 말하는 아프리카 종교의 남은 자취를 가진 인물인 콘솔라타는 론의 말을 듣고 자신의 능력을 사용하기 시작한다. 얼마 후 소앤(Soane)의 15살 된 아들인 스카우트(Scout)가 이스터, 줄라이 퍼슨과 함께 뎀비에 다녀오는 도중 졸음운전을 하다가 자동차 사고를 냈을 때 콘솔라타와 함께 있던 론은 본능적으로 사고를 감지하고 사고현장으로 콘솔라타와 함께 달려간다. 그때 콘솔라타는 론의 조언대로 생명을 살리는 기적을 행하게 된다. 콘솔라타의 능력은 앞 장에서 언급한 파일럿과 마마 데이의 기적과 서로 닮은 점이 있다.

"아니. 저 아이 속으로 들어가 깨워." "속으로? 어떻게요?" "그냥 걸어 들어가. 올라서서 걸어 들어가면 돼. 그 애를 도와

줘!" 콘솔라타는 시체를 보고 주저 없이 안경을 벗어 머리카락을 물들인 붉은 핏방울에 생각을 집중했다. 그리고 걸어 들어갔다. 소년이 꿈속에서 달려온 곧고 반듯한 도로가 보였고, 트럭의 전복과 두통, 가슴의 통증, 숨쉬기 싫다는 생각이 느껴졌다. … 소년 속에서 그녀는 한없이 멀어져가는 한 점 빛을 보았다. 공포심 같은 느낌의 에너지를 끌어당기며, 그녀는 빛의 점이 넓게 퍼져나갈 때까지 노려보았다. 빛은 차츰차츰 더 확산되더니 드디어 공기가 새어 들어왔고, 처음엔 겨우 비집고 들어오던 공기가 차츰 힘차게, 더 힘차게 밀려들어왔다. 빛을 바라보는 일은 지랄같이 고통스러웠지만, 그녀는 허덕거리는 허파가 자기 것인 양 온 정신을 쏟았다." (245)

콘솔라타는 생명을 살리는 기적을 행하고서도 자신의 행위가 악마의 소행 같다고 느끼며 자신의 능력을 믿으려 하지 않는다.[21] 이는 고아의 처지였던 콘솔라타가 수녀원으로 와서 가톨릭의 영향

---

21) 콘솔라타가 자신을 악마와 동일시하는 것은 제국주의자들이 강요한 종교의 결과이다. 이 소설에서 수녀들은 미국 인디언을 교화하는 데 애쓰며 브라질에서 데리고 온 콘솔라타를 엄격한 가톨릭적 환경에서 양육한다. 이 소설에서 콘솔라타는 금욕적인 가톨릭적인 환경에서 살 운명이었지만 수녀원 원장이 사망하고, 다른 여성들이 수녀원으로 오면서 그들과 섞이게 되고 점차 변화하게 된다. 특히 루비 공동체의 론은 콘솔라타를 새로우면서도 통합된 영성으로 안내한다. 콘솔라타는 처음에는 자신이 행한 기적을 사악한 것으로 인식하지만 결국 자신을 억누르고 제한하려는 종교의 틀에서 솟아올라 이를 치유와 연결시킨다. 이 소설의 주인공을 콘솔라타로 여기고 콘솔라타의 변신을 주제로 소설을 분석하는 것도 의미 있을 것이다.

을 많이 받고 세뇌되다시피 정통종교에 몰입하고 있어서 주술을 부정적으로 생각하던 시절의 태도였다. 우리는 론과 콘솔라타에게서 공통점을 발견할 수 있다. 론과 콘솔라타는 둘 다 외부에서 루비 공동체로 고아의 신분으로 합류한 인물들이고 모두 인간의 생명에 관여하는 신기를 부여받았다는 것이다. 론은 신병을 앓고 있는 콘솔라타에게 마치 무병을 앓고 있는 사람을 무당의 세계로 안내하는 듯한 역할로 콘솔라타의 숨은 잠재력을 일깨워주고 있다. 론은 루비에서 산파로 일했는데, 최근 8년 동안 루비 마을에서는 아기가 2명만 태어나서 어려운 생활을 하고 있다. 그래서 그녀는 주로 약초를 캐거나 교회나 이웃의 적선으로 생활하고 있다.

여기서 론이 캐는 약초는 체스넛, 허스턴, 네일러 등 이산종교를 다루는 작가들의 작품 속에서 자주 등장하는 다양한 주술에 사용되는 재료이다. 지금까지 론에 대한 연구가 거의 없었지만 론은 후두교와 관련된 인물로, 브라질 태생의 콘솔라타는 칸돔블레를 상징하는 인물로 이 두 사람의 만남은 세계로 흩어지면서 크레올화된 이산종교의 접촉과 조우, 연결을 상징하고 있다. 리드의 『멈보점보』에서 이산으로 흑인종교와 문화의 전통에서 멀어진 사람을 다른 등장인물이 도움을 주어 이산으로 끊어진 역사와 맥을 이어주는 부분이 등장하듯이, 이 작품 속에 등장하는 론과 콘솔라타는 끊어진 정보와 지식과 전통을 다시 이어 붙이는 역할을 하면서 흑인문화와 종교라는 퀼트를 꿰매는 여성과 같은 역할을 하고 있다.[22] 또한 론과 콘솔라타는 미국과 브라질을 아프리카와 연결시키며 후두교와 칸돔블레 간의 부름과 응답을 보여주는 인물들이다.

모리슨은 흑인문학을 분석할 때 그 작품에 등장하는 조상의 역할을 하는 인물을 중심으로 작품을 살펴볼 때 다채롭고 의미 있는 해석을 할 수 있다고 주장했다. 이 같은 모리슨의 주장을 론과 콘솔라타에 대입시켜 볼 때 론은 조상 여자 마법사의 역할을 하며 콘솔라타의 입문식을 마련해주는 역할을 하고 있다. 『낙원』에서 론의 역할은 소설의 결말까지 관계된다. 수녀원 습격을 감지하고 마을 사람을 대동하고 수녀원 습격 현장으로 달려간 사람이 바로 론이기 때문이다.

갓 무당이 된 듯한 콘솔라타는 죽어가는 수녀원 여성들을 치유하기 전에는 수녀원장의 기력을 회복시키거나 수녀원장이 숨을 거두려 할 때 수녀원장을 여러 번 살리는 일을 위해 자신의 능력을 사용했다. 콘솔라타는 자신의 능력을 "걸어 들어가는 재주"(247)라고 표현하는데, 이 같은 콘솔라타의 재주에 대해 론은 "간섭"이라고

---

22) 흑인 문학에서 퀼트는 파편화된 정체성, 역사, 신화, 종교, 전통을 하나로 이어 온전하게 만드는 역할을 함과 동시에 과거 노예제도 시절에는 탈주 노예들의 탈주로를 은밀히 보여주는 지도로 기능해왔다. 이 책에서 연구되고 있는 다양한 이산종교인 부두, 후두, 칸돔블레, 오베아는 이 책에서 다루고 있지 않은 산테리아 등의 이산종교와 함께 노예무역을 통해 전 세계로 흩어진 흑인들의 소외되고 끊어진 문화와 전통을 이어주는 역할을 함과 동시에 아프리카에서 세계 각지로 흩어진 노예들의 도착지에서의 다양한 생존을 증언하는 역할도 하고 있다.

말하고 자신의 능력에 대해서는 "투시"라고 부른다.

> 걸어 들어가 빛의 점을 찾고, 빛의 점을 조작해 넓게 퍼뜨리고
> 강화하고 가끔은 마더를 회생시키다 못해 죽은 마더를 부활시
> 키는 짓까지 했다. 콘솔라타가 얼마나 격렬하게 간섭해 들어갔
> 던지, 메리 마그나는 콘솔라타의 품에서 숨을 거두던 순간까지
> 램프처럼 빛을 발했다. 그렇게 그녀는 주술을 행했다. 사랑하
> 는 여인을 위해서였지만, 그녀 스스로 저주받을 금기를 범했음
> 을 너무나 잘 알고 있었다. ... 색깔이 사라진 그녀의 두 눈에
> 는 다른 사람들의 마음속에서 벌어지는 일 말고는 아무것도 또
> 렷하게 보이지 않았다. ... 그녀에게 신이 내렸다. 절반은 축복,
> 절반은 저주였다. 하느님은 초록색 동공을 불태워버리고 대신
> 그 자리에 썼다 하면 저주가 내리는 순수한 투시력을 내려주신
> 것이다. (247-8)

『낙원』에서 루비 공동체와 정반대의 성격을 가진 수녀원은 종
교, 이산, 상흔의 이유로 다양한 생활환경을 경험한 여성들[23]이 모

---

23) 수녀원 여성들은 자신의 상흔 속에 갇혀 자라다 만 정신 상태에 머물러 있다.
메이비스는 "열다섯 번이나 병원에 입원"(28) 했고, "대낮에만 곤히 잘 수 있
고"(36), 그레이스는 "시체를 담는 봉지와 피를 쏟는 소년"(68)을 잊기 위해
"남녀가 영원히 성관계를 가지는", "애리조나 주의 위시의 흑인 한 쌍"(63)을
찾아 나선다. 한편 수녀원장에 의해 미국으로 온 콘솔라타는 어린 나이에 성
적인 유린을 당한 경험이 있고, 누가 지켜봐주지 않으면 잠을 잘 수 없는 인물
이다. 디바인은 애인과 엄마가 사랑을 나누는 장면을 목격한 후, 식욕을 잃고,
혀를 잘린 필로멜라처럼 "말"(173)을 잃었다. 또한 세네카는 모든 고통을 삭여

여든 장소이다. 어떤 면에서는 다양한 흑인 문화를 보존하고 있는 남부와 같은 공간이 되고 있다. 수녀원은 흑인여성들과 백인여성들이 공존하는 공간으로, 루비가 인종차별을 피해 낙원 같은 장소를 건설하기 위한 흑인 공동체의 이주의 결과물이라면 수녀원은 개인적인 이유로 이주한 사람들의 집합체가 되고 있으며 대안적인 가치관과 치유를 가능하게 하는 장소가 된다.

하지만 엄격한 루비 마을 공동체 사람들은 자신들이 수녀원으로부터 여러 가지 도움을 받았지만 수녀원을 악마의 집회가 열리는 곳처럼 인식하기 시작한다. 그리고 그런 생각을 하는 대부분의 사람들은 남성들이다. 모리슨은 수녀원을 습격하는 남성들의 생각을 통해 낙원 같은 수녀원이 악의 소굴로 전락되는 것을 다음과 같이 묘사하고 있다.

> ... 내가 지나가다 그년들이 더러운 캐딜락 뒷좌석에서 키스하는 걸 본 바로 그날이지 ... 집안에서 이상한 소리를 들었다더군. 아기들이 우는 소리 같았다나. ... 자네 밭에 알팔파 사이에 마리화나가 자라는 걸 찾았다면서? ... 여자들이 아넷을 유산시켰다던데. ... 그 원장수녀가 죽었을 때 보니까 시체 무게가 50파운드도 못 되는데다가 유황처럼 빛이 나더라는군. 말도 안 돼! 게다가 수녀원에 내려준 계집애는 대놓고 영감을 꼬시

야만 말썽을 피우지 않은 채 생존할 수 있었기에, 모든 분노와 좌절을 몸에 자해를 함으로써 표출하며 자신의 몸에 자신의 상흔을 새겨 넣는다.

려들더라던데. 내내 반벌거숭이로 왔다 갔다 하던 개 아니야?
... 여자들한테 초능력이 있다는 거야? ... 그보다는 마녀에 더
가깝지. ... 일가족이 거기서 몰살을 당했는데, 아무도 몰랐다
니 말이 되는가? ... 이 걸레들은 자기네들끼리 똘똘 뭉쳐 살면
서 교회에는 발도 들여놓지 않을걸. ... 저 여자들은 남자도 필
요 없고, 하느님도 필요 없는 거야."(275-6)

　　『낙원』에서 모리슨은 정통종교와 정통으로 인정되지 않는 다
른 종교적 관행을 대비시키고 있다. 이 작품에 등장하는 종교는 루
비에 있는 세 개의 교회(감리교회, 장로교회, 오순절교회)와 수녀원
과 관련된 가톨릭, 콘솔라타가 온 브라질의 종교 가운데 하나인 칸
돔블레이다. 콘솔라타가 수녀원의 여성들의 상흔을 치유하기 위해
행한 의식은 아프리카에 뿌리를 둔 브라질의 칸돔블레와 관련이 있
다. 노예제도 시절 많은 노예들이 여러 나라로 강제로 끌려오면서
아프리카의 종교를 유입해서 그들이 새로 접하는 종교와 섞어서 크
레올화(Creolization) 된 종교를 만들어냈다. 이 같은 예는 아이티의
부두교, 미국의 후두교, 쿠바의 산테리아, 브라질의 칸돔블레인데,
수녀원장이 죽은 후 수녀원을 지키는 콘솔라타는 수녀원장이 브라
질에서 데리고 왔기에 칸돔블레와 연결될 수 있는 인물이다.24)

---

24) 이 소설에서 칸돔블레 의식이 일어나는 곳이 수녀원이라는 사실은 이산종교의
　　복합적인 유산을 상징적으로 나타내고 있다. 부두교의 경우 많은 흑인들이 가
　　톨릭 신자로 살기 위해 강제로 개종을 하는 경우가 많았다. 그래서 그들은 지
　　배자의 강요된 개종을 받아들이면서도 자신들의 문화와 언어의 뿌리라고 할

아프리카의 이산종교인 부두교, 후두교, 산테리아, 칸돔블레
등은 아프리카 종교, 신비사상, 가톨릭을 크레올화 하는 가운데 차
이를 보이지만 아프리카적인 신념과 우주관, 해석체계를 고스란히
간직하고 있으며 저항적인 면을 가지고 있다. 콘솔라타가 의식에서
보여주는 행동은 칸돔블레 의식을 통한 치유라 할 수 있다. 그 이
유를 몇 가지 지적하자면 칸돔블레 입문식에서처럼 수녀원 여성들
은 삭발하고 있고[25], 콘솔라타는 제단에 희생제물을 바치는 여사제
처럼 음식을 정갈하게 준비한 후 "정화/치유" 의식을 치른다.

식탁이 준비되고 음식이 차려졌다. 콘솔라타는 앞치마를 벗는
다. 맹인 특유의 귀족적인 눈길로 그녀는 여자들을 훑어보며
말한다. "내 이름은 콘솔라타 소사다. 너희들이 여기 있고 싶

수 있는 아프리카적 종교의식을 가톨릭과 연결시켰다. 그래서 많은 경우 가톨
릭 성인들과 연결되는 부두교 르와들이 있고, 그들이 관여하는 분야가 가톨릭
과 거의 흡사한 경우가 많다. 이런 맥락에서 볼 때 많은 흑인들이 종교의 강
요에 나름대로의 방식으로 저항하여 겉으로는 가톨릭에 완전히 개종한 것처
럼 행동하면서도 자신들의 문화와 종교, 신념을 체계적으로 유지해왔음을 알
수 있다. 하지만 계속적인 부두교 탄압으로 인해 많은 사람들이 목숨을 잃었
고, 아직도 전 세계적으로 부두교에 대한 왜곡이 이루어지고 있다.
25) 『낙원』을 칸돔블레 관점으로 분석한 재니퍼 테리(Jennifer Terry)는 「하나의 신
세계 종교? 토니 모리슨의 『낙원』에 나타난 크레올화와 칸돔블레」("A New
World Religion? Creolisation and Candomble in Toni Morrison's *Paradise*")에서
"아프리카의 영향을 받은 숭배 형태들은 육체와 영혼을 모두 찬양하는 황홀한
춤 그 자체에 의해 드러난다. 수녀원 여성들이 겪는 황홀한 순간은 특별하게
칸돔블레의 입문식을 연상시키는데 그 행사 동안에 입문자들은 머리카락을 모
두 삭발한다."(202)라고 말한다.

으면 내가 하라는 대로 해라. 내가 먹으라는 것만 먹어라. 내가
자라고 할 때 잠을 자라. 그러면 너희들이 무엇에 굶주리는지
내가 가르쳐주겠다."... 그녀는 사랑하는 코니의 모습을 하고
있었지만, 어쩐지 더 깎아지른 듯한 생김새다. 광대뼈도 더 높
아 보이고, 턱도 더 강인해 보인다. 전에도 코니의 눈썹이 저렇
게 짙었던가? 치아가 진주처럼 하얬던가? 머리에는 흰 머리카
락 하나 보이지 않는다. 피부는 복숭아처럼 매끄럽다. (262)

치유의식을 진행하는 콘솔라타는 예전의 콘솔라타가 아닌 모
습으로 등장한다. 그 다음으로 이어지는 말에서 콘솔라타는 수녀원
장의 말을 믿었던 과거의 자신과 루비 공동체의 남성과 사랑에 빠
지게 된 일과 그 남자와 작별한 후에 변하게 된 자신에 대해 이야
기한다.

"지저분하고 상처 입은 어린 나는 영혼이 전부이고 내 몸은 아
무것도 아니라는 것을 가르쳐준 한 여인의 품안으로 뛰어 들었
어. 또 다른 사람을 만날 때까지 나는 그녀의 말에 동의했지.
내 육신은 너무도 육신에 굶주려 그를 잡아먹어 버렸어. 그가
떨어져나가자 여자는 나를 내 육신으로부터 다시금 구원 해주
었지. ... 그의 육신에 내 육신이 겹치는 것만이 세상에 단 하
나 진실한 것이니. 그러다보니 궁금해졌지. 이 속에서 잃어버
린 내 영혼은 어디로 갔지? 영혼은 육신처럼 참된 것인데. 영
혼은 육신처럼 좋은 것인데. 영혼은 달지만, 육신은 쓸 뿐. 어

디서 영혼을 잃어버렸지? 내 말을 들어, 단단히 귀 기울여 들어. 절대로 영육을 둘로 나누지 마라. 어느 하나 위에 다른 것을 두어서는 안 돼. 이브는 마리아의 어머니야. 마리아는 이브의 딸이야."(263)

콘솔라타는 영육을 나누어서 어느 하나를 우위에 두지 말라고 말하는데 콘솔라타의 말은 제도화된 종교와 제도화 되지 않은 종교를 엄격하게 구분하여 어느 하나를 이단화시켜온 종교역사에 대한 작가의 비판으로 받아들일 수 있다. 콘솔라타는 궁극적인 치유와 생존, 그리고 상생을 위해서는 이 두 가지 모두가 필요하다는 사실을 강조하면서 수녀원 여성들의 "요란스런 꿈꾸기"(264)를 촉발시킨다.

『낙원』은 콘솔라타가 이끄는 치유의식을 통해 흑인문학 가운데 가장 분명한 어조로 세상의 당나귀나 노새나 암소 같았던 흑인 여성들이 입은 깊은 상흔의 치유과정을 상세하게 설명하고 있다. 콘솔라타는 페인트와 분필을 사용해 수녀원의 여성들을 치유하게 하는 그림을 그리게 하고, 집단적인 치유서술을 통해 개개인이 자신들의 과거로 여행하게 하고 있으며, 분열된 자신들의 내면을 탐색하게 하고 있다. 이 같은 치유의 과정은 춤, 노래, 등으로 이루어지고 있다.

모리슨은 구약의 엄격함을 상기시키는 루비 공동체의 종교와 수녀원의 신념체계 및 종교관을 대비시키면서, 제도화되지 않은 종교에 토대를 둔 치유의식을 제시하며, 미국의 "복합적인 종교 유산"(Brooks 193)과 그 역할을 독자에게 상기시키고 있다. 수녀원 여성들이 이산의 결과라 할 수 있는 "크레올화 된 종교"에 의해 치유받는 것은 제도화된 종교에 대한 "의미화"라 할 수 있다. 테리(Terry)는『낙원』에서 가톨릭 교회의 해외 봉사활동을 식민주의와 연결시키면서 "『낙원』은 오클라호마에서 미국 인디언들을 동화시키기 위해 학교를 세우고, 브라질에서 일하는 인도사람들과 유색인을 위해 헌신하는 수녀들을 통해 가톨릭 종교와 식민화의 연결고리를 보여주면서 가톨릭 교회를 문제시하고 있다."(196)라고 말한다. 리피버(Lefever)는 쿠바의 산테리아를 연구하는 글에서 "크레올화 된 종교"는 "그들의 억압자의 해석학에 도전함과 동시에 그들만의 해석 원칙들을 사용해 개인적, 사회적 "텍스트들"을 다시 쓰고 개작한다."(324)고 말한다.

서아프리카의 요루바(Yoruba)에 기원을 두고 있는 이산종교는 미국언론과 대중매체에서 "좀비"의 형태로 왜곡되었고, 미국의 아이티 침공에서처럼 "미신 타파"와 "우상 타파"를 빌미로 미국이 제국주의 속성을 드러내는 단초를 제공하기도 했다. 흑인문학에서 종교는 자유를 위한 피난처를 의미하기도 하지만 백인들의 흑인지배를 용이하게 하고, 경제적 착취에 용이한 노동력으로써의 흑인양산에 자주 이용된 것이기에, 흑인문학과 기독교는 복잡한 양상을 띠고 있다. 리드는『캐나다로의 탈주』에서 경건하고, 충실한 엉클 톰의 이미지를 부두교를 이용해 다시 쓰고 있다. 한편 "종교적 공정성"을 시도한 리드는『멈보 점보』에서 미국의 아이티의 침공을 다루기도 했다. 흑인문학에서 흑인들의 모국이라 할 수 있는 아프리카의 종교, 문화와, 이산 이후 세계 도처－바하마 군도, 푸에르토리코, 도미니카 공화국, 쿠바, 브라질, 마르티니크(Martinique), 과달루페, 자메이카, 미국－에 크레올화 된 종교 사이에는 온전한 생존과 문화적, 종교적 뿌리를 위한 "부름과 응답"의 계속적인 대화관계가 계속된다. 이산문화 연구에서 중요한 영역으로 활발히 연구되고 있는 이러한 크레올화 된 종교는 각 나라의 흑인문화 및 인종적 결속, 저항운동의 밑거름으로 문화적 정체성을 위한 디딤돌의 역할, 전복적인 상상력으로 기존 질서와 해석/서술체계의 전복에 관여하는 트릭스터의 활약, 정통종교가 치유하지 못하는 상흔의 치유에 이르기까지 많은 영역에 관여해왔다. 모리슨의『낙원』은 정통종교에 의해서 구원받거나 치유되지 못하는 여성들의 대안적인 치유에 깊이 관여하고 있다.

수녀원의 여자들은 자신들의 상흔에서 말 그대로 걸어 나와 콘솔라타의 주도로 "집단 치유"를 경험한다. 모리슨은 조상의 역할을 하는 콘솔라타의 치유 의식을 통해 집단적인 치유절차를 제시한다. 콘솔라타가 수녀원 여성들을 변화시키기 전까지 수녀원 여성들은 상흔에서 헤어나지 못한 채 과거의 기억 속에서 갇혀 지낸다.

모리슨은 콘솔라타의 치유과정을 통해 "차이를 둔 반복"을 통한 치유과정을 보여준다.

> 그들의 육신이 욱신거리며 아파왔음에도, 아니 어쩌면 아팠기
> 때문에 그들은 꿈꾸는 사람의 이야기 속으로 쉽사리 발을 들여
> 놓았다. ... 여자들은 모두 최루가스에 눈을 깜박이며 캑캑거리
> 고, 천천히 손을 들어 긁힌 정강이, 찢어진 인대를 어루만진다.
> 낮에는 복도 회랑을 왔다 갔다 하고, 밤이면 불을 켜고 몸을 오
> 그리고 잔다. 양말 바닥에 5백 달러를 구겨 넣는다. 낯선 남자
> 의 페니스와 연적이 된 어느 엄마로 인한 고통에 낑낑댄다. ...
> 녹초가 되고 분노에 떨며 일어선 그들은 잠자리에 들려고 침실
> 로 가며 다시는 그따위 짓거리에 놀아나지 않겠다고 맹세하지
> 만, 사실은 힘없이 굴복하고 말 것임을 너무도 잘 알고 있다.
> 그리고 그들은 또 다시 꿈을 꾼다. ... 그 후로 세네카는 또다시
> 안쪽 허벅지를 저미고 싶은 욕구가 솟을 때마다 대신 지하실
> 바닥에 누워 사지를 활짝 벌린 신체에 표시하는 쪽을 택했다.
> (264-5)

수녀원 여성들은 콘솔라타가 주도하는 집단적인 체험 과정을 통해 자신들의 고통스런 과거 상흔을 마룻바닥에 그려진 자신의 형체로 전이시키면서 조금씩 치유된다. 모리슨의 다른 소설에 등장하는 주요 등장인물이 자신의 상흔을 극복하는 것도 끔찍한 과거와의 대면을 통해 제시되고 있듯 이 소설에서도 수녀원의 다양한 등장인

물들은 자신의 과거를 정면으로 대면하고 그 과거와 다른 여성들의 과거를 이해하고 미래를 위해 비상하게 된다.

모리슨은 상흔을 입은 등장인물들이 아픈 과거 속으로 다시 빠져들 수 있는 "재기억"의 중요성을 강조한다. 수녀원 여성들은 자신들을 끈질기게 괴롭힌 일들을 몸에 페인트칠을 한 후 수녀원 마룻바닥에 드러누워 자신의 병든 자아를 복사하듯 분리시키고, 그 윤곽 안에 자신을 끈질기게 괴롭히는 것들을 그려 넣음으로써 자신의 상흔을 그곳에 남긴다.[26] 그런 다음 그들은 자신의 상흔에서 걸어 나와 외부 관찰자의 눈으로 그것을 목격한다. 이는 모리슨의 『재즈』에서 바이올렛(Violet)이 앨리스 맨프레드(Alice Manfred)와의 대화과정을 통해, 자신이 죽어 관에 누워있는 도카스(Dorcas)에게 칼을 들이댄 일에 대해서 명료함과 인식을 얻게 되는 과정과 유사성

---

26) 모리슨은 수녀원의 여성들이 자신들의 윤곽 안에 그려 넣은 물체들을 통해 그들이 스스로 외상을 자신의 몸에서 떼어내게 만든다. 세네카는 자해를 하고 싶을 때마다 자신이 그린 몸 안에 우아한 흉터 등을 추가했고, 지지는 목덜미 부근에 하트 모양의 작은 금속 갑을, 팰러스는 아기와 뒤틀린 입과 기다란 송곳니 두 개를 그려 넣는다(265). 모리슨은 수녀원 여성들을 끈질기게 따라다니는 외상을 말 그대로 육체와 분리시켜 마룻바닥에 고정시키고 여러 주인공들이 각자가 그린 물건에 대해 서로 대화를 하고 설명하게 하면서 마치 수술을 해서 종양이나 문제가 된 부분을 제거하고, 수술 이후에 "grief counselor"(저자 주: 미국의 경우 가족 가운데 한 명이 사망할 때 그 유가족이 가족의 사망에 의해 지나친 상실로 괴로워하지 않도록 상담사를 배치시켜 유족을 위로하게 하고 있다.)나 상담자가 정신적 외상을 치유하는 듯한 구체적인 치유과정을 제시한다. 콘솔라타의 치유장면은 문학과 의학의 관점에서 보면 실제적이고 다층적인 의미를 가진 장면이다.

을 가지고 있다. 모리슨은 수녀원 여성들의 치유과정에서 재기억을 통한 "차이를 둔 반복"을 보여주면서 집단적인 대리체험을 통해, 다른 사람의 상흔을 이해하게 하고 있다.

수녀원 여성들은 각자 감옥의 독방 같은 자신들의 상흔에 갇혀 자신의 과거가 가장 참혹할 것이라 생각하고 세상의 어떤 것도 자신의 상흔을 치유할 수 없을 것이라고 생각한다. 하지만 여성들의 집단 정신적 외상 체험은 여러 의미를 파생시키고 있다. 여성들은 자신들이 흑인/여성/어머니/딸/애인/고아로 겪은 고통들이 공통점이 있다는 사실과 다른 사람의 상흔이 자신의 것보다 더 클 수 있다는 사실을 깨닫게 된다. 또한 점점 심해지는 상흔 때문에 암흑 속에 사는 것처럼 느꼈던 여성들은 한판 씻김굿과 같은 이산종교 의식을 통해 자신을 객관적으로 검토함과 동시에 타인의 고통과 삶을 보면서 자신의 고통을 잊게 되고, 타인을 이해하면서 자기 자신도 사랑하게 되는 선순환을 위한 첫발을 내딛고 있다.

독자들은 콘솔라타가 수녀원 여성들과 함께 의식을 벌이는 장면을 읽으면서 체스넛의 『여자 마법사』에서 느꼈던 낯선 의식이나 허스턴이 참여한 부두교 입문식, 모리슨의 『빌러비드』의 마지막 장면-벌거벗은 빌러비드, 울고 고함치고 기도하는 신시내티 공동체의 흑인 여성들, 얼음송곳을 들고 보드윈을 향해 비상하는 세드-, 혹은 네일러의 『마마 데이』의 치유의식 등 여러 의식을 떠올리게 된다. 이 장면에서 콘솔라타는 칸돔블레 의식을 통해 수녀원에 있는 여성들의 상흔을 치유시키고 있다. J. 로랜드 마토리(J. Lorand Matory)는 "칸돔블레는 점(占), 희생, 치유, 음악, 춤, 그리고 영적 신들림과 관계되는 아프리카계 브라질 종교"("Introduction" 1)라고 설명한다. 모리슨은『빌러비드』에서 베이비 석스(Baby Suggs)가 공터(Clearing)에서 벌인 치유적인 의식을 선보인 적이 있다. 모리슨의 작품에 나타난 종교모임은 정통 기독교에 토대를 둔 것이라기보다는 두 문화와 종교의 혼합을 나타내는데 그런 종교의식에서 독자들은 흑인들이 흘리는 원죄에 대한 참회의 눈물은 찾아보기 힘들다. 오히려 춤과 노래와 울음과 발 구르기와 소리치기와 배꼽이 빠질 듯 크게 웃기가 어우러지는 축제와 같은 의식이다. 이는 기독교와 이산종교의 혼합 형태로 "크레올화 된" 종교의 축제 같은 속성을 나타내는 것이다. 특히 이런 요소는 리드가『멈보 점보』에서 비판한 웃음 없는 백인문화가 결여한 점이자 문명화를 통해 꾸준히 말살하려고 한 것이었다.

콘솔라타가 이끄는 치유의식 절차는 다양한 의미를 지닌다. 이 소설 속에서 수녀원에 사는 한 명의 백인여성을 포함한 흑인여성들의 상흔은 루비 마을 공동체가 믿는 기독교에 의해 치유되지 않는다. 콘솔라타가 이끄는 치유의 과정은 춤, 노래 등으로 이루어져 등장인물들은 자신의 상흔에서 걸어 나오고 "수녀원의 여인들은 그들을 쫓아다니는 악몽을 벗어버렸던 것이다"(266).

세네카는 주립 보호소에서의 암울한 아침을 껴안고 마침내 그
것을 사라지게 했다. 그레이스는 한 번도 얼룩지지 않았던 흰
셔츠를 성공적으로 세탁하는 것을 목격했다. 메이비스는 피부
를 간질이는 무궁화 꽃잎의 전율 속으로 빠져들었다. 멋진 아
들을 낳은 팔라스는 비가 에스컬레이터를 타고 있는 어떤 무서
운 여성과 검은 물에 대한 모든 공포를 씻어내는 동안 아들을
꼭 껴안고 있었다. (283)

모리슨은 의식의 절정에 다다른 수녀원에 사는 구성원들을 묘
사하며 "정원으로 그녀를 찾아온 신의 품안에서 완벽한 평화를 찾
은 콘솔라타는 누구보다도 격렬하게 춤을 추었다."(283)27)라고 말
하는데 이 같은 모습은 『빌러비드』에서 공터에서 종교 모임을 주관
한 베이비 석스의 역동적인 몸짓을 상기시키고 있다.

---

27) 『낙원』에서 콘솔라타는 낯선 사람이 정원으로 찾아오고 난 이후에 비상한 재
   주를 가지게 되었다. 테리는 이 낯선 남자에 대해서 "이 모든 것이 그를 헨리
   루이스 게이츠 2세가 『의미화하는 원숭이』에서 논하고 있는 칸돔블레의 오리
   샤 신들 가운데 한 명인 음모를 꾸미는 에수 엘렉바라와 비슷한 인물로 만든
   다."(199)라고 말한다. 게이츠 2세는 『의미화하는 원숭이: 아프리카계 미국문
   학 비평이론』에서 요루바 신화의 트릭스터 인물인 에수-엘렉바라(Esu-Elegbara
   저자 주: 에수-엘렉바라는 지역에 따라 철자가 약간씩 다름)에 대해서 그는 명
   상, 애매함, 성욕, 유머, 이중목소리와 관련이 있다고 말한다(4-5). 새론 제시
   (Sharon Jessee)는 "코니의 여행자는 성경적인 의미보다는 영지주의적인 의미
   에서 뱀을 닮았다."(151)라고 말하며 『낙원』을 영지주의(Gnosticism)와 연결해
   서 논의하고 있다.

그녀는 일어나 자신의 일그러진 엉덩이를 흔들며 심장이 다 못 다한 말들을 춤으로 표현했고, 다른 이들은 입을 벌리고 춤추는 그녀에게 음악을 제공해주었다. 사랑받는 그들의 육신에 꼭 어울리는 완벽한 4부 합창이 나올 때까지 이어진 길고 긴 음악이었다. (89)

모리슨과 비슷한 외상의 회복이라는 주제를 다루는 네일러의 『브루스터플레이스의 여자들』(*The Women of Brewster Place*)에서도 강력한 치유 의식이 등장한다. 모리슨과 네일러의 작품 속에 등장하는 치유는 주로 나이든 여성, 흑인문학 속의 조상에 의해서 이루어진다. 네일러의 작품 속에는 전기 콘센트에 포크를 꽂아서 감전으로 사망한 딸 세레나(Serena) 때문에 생긴 화병으로 자의적으로 목숨을 포기한 시엘(Ciel)을 치유시키는 매티(Mattie)가 등장한다. 매티는 모든 것을 포기하고 스스로 죄에 대한 벌을 받듯 삶을 포기하는 시엘을 죽음의 문지방에서 끌어내기 위해 시엘을 껴안고 흔들어준다.

매티는 침대 가에 앉아서 얇은 휴지 조각같이 가녀린 시엘의 몸을 새까맣고 커다란 두 팔로 감싸 안고는 살살 흔들었다. … 신음 소리를 들은 매티는 서둘러서 시엘을 침대에서 일으켜 세워 태양이 내리쬐는 광대한 푸른 공간으로 데리고 나갔다. 시엘은 시간을 초월하여 에게 해를 건너갈 수 있었다. … 시엘은 영혼이 온통 지쳐버린 유대인 어머니들이 화장실 마룻바닥에서 자기 자녀들의 내장을 닦아내야 했던 독일의 다카우 시로 갔다. 다음으로 두 사람은 세네갈의 어머니들이 노예선 측면의 나무 판때기에다 어린 아기들을 패대기쳐 머리에서 피를 철철 흘리며 죽은 곳을 지나갔다. … 그런 다음 엄마의 자궁 속으로 데리고 들어가 그녀가 받은 상처의 저 밑바닥을 들여다보게 했다. 그곳에서 그들은 찾아냈다. 피부 표면 바로 밑에 박혀 있는 가느다란 은빛 파편을. 매티는 고통의 근원인 그 파편을 잡아 당겼다. 그러자 파편이 그 모습을 드러냈고 파편 뿌리는 깊고 커다랗고 거칠었다. 그 뿌리에 매달려 있는 기름 조각, 근육 조직과 함께 살이 찢어졌다. 그 뿌리는 커다란 구멍을 남겨 벌써 고름이 흐르기 시작했다. … 시엘의 복부에 딱딱한 매듭으로 뭉쳐있던 담즙이 다시 솟구쳐 오르더니 목을 통해 올라왔다. … 시엘은 헛구역질을 해대면서 누르스름한 담즙을 뱉어냈다. 뱉어낸 하얀 점액 덩어리가 좌변기에 굴러 떨어졌고 여기저기 타일에도 튀었다. 얼마 후 그녀는 단지 공기만을 토해 내었지만 그래도 몸은 중단하고 싶지 않은 것 같았다. 몸 안에 들어 있는 고통의 독성을 모두 다 떨쳐내고 있었다. (103-4)

위 인용은 모리슨의 『낙원』에 등장하는 론과 콘솔라타의 역할을 떠올리게 하고 있다. 이 두 소설에서 감당할 수 없는 상흔에 사로잡힌 등장인물들은 시간과 공간을 초월하여 과거를 이해하고 과거와 화해를 이룬 후 치유 받게 된다. 또한 두 소설의 공통점은 개개인의 상흔이 다른 사람의 상흔과 연결되면서 다른 사람의 고통을 공유함으로써 자신이 처한 고통의 외로움을 떨쳐버린다는 것이다. 고통의 외로움이란 자신만 이런 고통을 당하고 있다고 느끼는 것이며 그로 인해 회복할 수 있다는 희망을 포기하는 것으로 이어진다. 『브루스터플레이스의 여자들』에서 시엘은 에게 해를 건너 독일 어머니들과 세네갈 어머니들의 감당하기 힘든 정신적 외상을 대리 체험함으로써 자신의 상흔을 점검하고 회복하게 된다. 이 두 소설에서 육체적으로나 정신적으로 병들거나 죽어가는 사람을 치유의 장으로 이끄는 것은 제도화된 종교가 아니라 민간의술이나 민간의식과 같은 인간적이며, 접촉과 행동을 수반하는 의식이다.

치리우는 많은 아프리카계 미국인들은 "마법에 대한 신념과 종교적 신념을 구별 짓지 않고 두 개가 서로에게 필요한 대응물로 존재하는 것으로 이해한다."(151)라고 설명한다.[28] 아프리카계 미

---

28) 아프리카계 미국인들에게 있어 기독교와 아프리카에서 파생한 종교의 상호보완적이고 복합적인 관계에 대해서 치리우는 「19세기의 주술과 기독교: 아프리카계 미국인의 주술의 종교적인 요소」("Conjure and Christianity in the Nineteenth Century: Religious Elements in African American Magic")에서 "일부 평자들은 신비한 신념들을 노예제도 때 시작된 미국 흑인의 불완전한 기독교 개종의 결과로 여겼으며, 다른 사람들은 마법적 관행을 원래 아프리카 전통의 지속적인 생존으로 인식했다"(226)라고 말한다. 또한 치리우는 마술과 기독교에 대해 "주술은 예기치 않은 불운의 예들을 설명하는 하나의 강력한 이론 역할을 했다. 주술은 기독교보다 더욱 정확하게 미국 흑인들이 그들의 고통을 **직접 다루고 이해할 수 있는 어떤 인식론을 제시**했다. 주술은 정교한 의식들, 치유적 경향, 다층적 표현들로 개개인의 고통을 직접 해결해줄 수 있다는 기대를 만족시켰다."(238, **필자강조**)라고 설명한다.

국인들은 가혹한 인종차별 속에서 온전한 생존을 위해 기독교와 이산종교를 번갈아 가면서 사용한다. 이 같은 행위는 아프리카의 문화를 포함하면서 신대륙에서 생존을 도모하는 치열한 생존전략이 되고 있으며 척박한 토양에 이식된 식물들이 낯선 흙 속에 뿌리내리며 성장하는 것과 같은 것이다.

모리슨은 「기억, 창조, 그리고 글쓰기」("Memory, Creation, and Writing")에서 3세계 우주론에 대한 자신의 견해를 다음과 같이 피력하고 있다.

> 내가 알고 있는 3세계 우주론에서 현실은 서구문화의 선배작가에 의해 이미 구성된 것이 아니다. 내 작품이 용인된 서구의 현실과 같지 않는 어떤 현실을 다루어야 한다면, 그것은 서구가 불신하는 정보에 집중시키고 활기를 불어넣어야 한다. 그 이유는 그것이 사실이 아니거나 쓸모가 없고, 심지어 어떤 인종적 가치가 없어서가 아니라 그것은 믿지 않은 사람들이 가지고 있는 정보이기 때문이며, "민간전승", 혹은 "잡담", 혹은 "마법" 혹은 "감상"으로 격하된 정보이기 때문이다. (388)

모리슨을 비롯한 아프리카계 미국 작가들은 이 같은 격하된 정보를 가지고 자신들의 작품을 나무뿌리 용법, 약초용법, 귀신, 마법 관행과 민담 같은 그런 정보로 채우는 것이다.

게이츠 2세는 『의미화하는 원숭이: 아프리카계 미국문학 비평이론』에서 의미화하는 원숭이와 관련된 이야기는 "흑인 토속어 전통의 수사학적 원칙이 가득한 저수지와 같다"(63)고 말한다. 어떤 의미에서는 모리슨 같은 작가들은 새로운 아메리카 대륙에서 문화의 저수지라 할 수 있는 이산종교를 가지고 말장난을 하는 "의미화하는 원숭이"와 같다고 할 수 있을 것이다. 그들은 "담론의 주변부에 기거하며 언어의 애매성을 구체적으로 드러내며 항상 말장난하고, 비유적인 용법"(Gates Jr. 52)과 조소하는 듯한 유머로 단호하고도 통쾌하게 억압적인 환경, 종교와 문학정전에 대해 의미화하고 있는 것이다.

『낙원』은 마녀사냥과 종교 간의 전쟁 때문에 지옥으로 변하게 되는 루비 공동체가 복된 타락을 통해 거듭나는 과정을 보여주고 있다. 모리슨은『낙원』의 비극을 "불필요했던 실패"라고 표현하면서 "이곳을 떠나지 않으리라는 걸 알아차리는"(306) 리처드 미즈너 목사의 결심을 통해, 그리고 누구보다도 많이 달라진 디컨 모건이 미즈너 목사를 찾아가 고해성사를 하는 듯 자신의 잘못을 뉘우치는 장면을 통해 루비 공동체가 다시 한 번 기회를 가진 것으로 묘사하고 있다. 모리슨은 이 소설에서 현실적인 공간 외에 하나의 신비스러운 공간을 소개하는데 애나는 그 공간을 "문"이라 말하고, 미즈너 목사는 "창문"(305)이라고 말한다. 제시는『재즈』에서 등장한 표현인 "출입구"(doorway)라는 단어가『낙원』에서는 "문"과 "창문"으로 다시 등장하고 있다고 말하며 미즈너 목사와 애나 플러드가 보이는 세상과 보이지 않는 세상 사이의 창문으로 느끼는 지점과 동일하다고 말한다(146). 또한 브룩스는 칸돔블레의 신념체계에서는 두 공간이 동시에 존재할 수 있다고 말하며 칸돔블레에서는 "물질계와 정신계가 복사판처럼 같고, 같은 현실의 평형을 나타내는 것으로 모든 물체나 존재가—식물, 동물, 광물, 그리고 인간들—영적인 우주라 할 수 있는 오룬(orun)안에 그 복사본을 가지고 있다"(Brooks 240에서 재인용)라고 말한다. 칸돔블레의 신념체계처럼 흔히 비학(occultism)이라 불리는 신비주의 체계에서도 이와 비슷한 공간이 존재한다. 비학에서는 "오늘날의 상식을 형성하고 있는 기계론적 세계관과는 달리 보이지 않는 세계를 하나의 실재로 받아들이고 그 세계와 소통하는 것을 인정한다. 그리고 그러한 소통은 비술[ars occult] 또는 마술[ars magical]이라는 이름으로 불린다"(김융희 75-6).

이 소설의 마지막은 파이데드(Piedade)를 설명하는 것으로 끝이 난다.

바다도 숨죽인 가운데 장작처럼 검은 여인이 노래를 부르고 있다. 그녀 곁에는 노래 부르는 여인의 허벅지에 머리를 베고 누운 젊은 여인 한 명이 있다. 이지러진 손가락들이 홍차 빛 머리카락을 경쾌하게 연주한다. 조개껍데기들의 색깔이 모두—밀가루 빛, 장밋빛, 진줏빛—젊은 여인의 얼굴에서 한데 어우러진다. ... 바닷가의 그들을 둘러싸고, 바다의 쓰레기들이 희번덕거린다. 망가진 샌들 한 짝 근처에 버려진 병뚜껑들이 빛나고 있다. 죽어버린 작은 라디오가 말없는 파도를 탄다. ... 이제 그들은, 창조될 때부터 이곳 파라다이스에서 하도록 정해져 있는, 끝도 한도 없는 일거리를 어깨에 짊어지기 전에 앞서 우선 휴식을 취하게 되리라. (318)

이 장면은 죽은 예수를 안고 있는 성모 마리아의 조각이나 그림인 피에타를 연상시키는 장면으로 노래하는 여성은 세상을 떠난 수녀원장으로 그 여성의 무릎에 머리를 둔 젊은 여성은 콘솔라타로 생각할 수 있다. 테리는 위 장면에 대해서 "피에타를 변형시킨 듯한, 콘솔라타를 자신의 무릎으로 받치고 있는 파이데이드는 흑인 성모 마리아의 비전을 제시한다."(203)라고 말하며 이 장면에 대한 설명을 정교화시키고 있다.

해변에 놓인 여러 물건들은 남아메리카에서 행해지고 있는 매장의식과 애도의식 가운데 일부를 상기시킨다. ... 예를 들어 모리슨은 성모 마리아를 바다와 함께 연상시키면서 칸톰블레의 또 다른 오리샤 신인 예멘자와 바다와의 친근감을 반복해서 강조한다. (203-4)

파이데드(Piedade)는 포르투갈어로 "경건, 연민, 동정, 자비" (piety, pity, compassion, mercy)(Brooks 215) 등을 의미한다. 브룩스는 파이데드에 대해 "흑인 성모 마리아 일뿐만 아니라 조상 같은 인물을 나타내는 복합적인 인물"(218)이라고 말한다. 『낙원』에서 이산종교는 수녀원 여성들의 정신적 외상을 치유하는 과정과 함께 제시되었고, 여성들의 머리카락 형태, 음식 공양, 춤을 통한 칸돔블레적 특징이 부각되었다. 모리슨은 소설의 마지막 장면을 이산종교의 아이콘이라 할 수 있는 흑인 성모를 나타내는 피에타로 장식함으로써 이산종교의 치유적 힘과 가능성을 열어놓고 있다.

5장에 논의된 칸돔블레는 브라질의 대표적 이산종교이다. 6장은 카리브 해 지역의 민담이나 민간신앙에서 자주 언급되는 오베아를 킨케이드 소설과 비교하여 살펴본다. 오베아는 앞에서도 언급했듯이 리스의 소설에서 소개되어 사랑을 되찾기 위한 여성이 의존하는 종교관행으로 소개된 바 있다. 킨케이드는 소설의 주인공이 어렸을 때부터 보고 들은 오베아 관련 일상을 소설 속에 끌어들이며 오베아를 여러 동물변신과 연결시키고 있다.

6

오베아:
자메이카 킨케이드

킨케이드의 『강바닥에서』는 복합적인 모녀관계를 주로 다루고 있으며 전통과 민간 신앙, 정체성 찾기와 관련된 주제도 함께 제시하고 있다. 특히 이 소설에는 이산종교의 또 다른 형태인 '오베아'(obeah)가 등장한다. 영미문학에서 오베아가 등장하는 소설로는 영국작가 진 리스(Jean Rhys)의 『드넓은 사르가소 바다』(*Wide Sargasso Sea*)가 있다. 리스의 작품에서 여주인공 앙투아네트(Antoinette)는 로체스터(Rochester)가 자신에게서 멀어져가려고 하자 음료에 약을 타면서 로체스터의 마음을 되돌리려고 하는데, 로체스터는 오베아 종교와 관련 있는 약물을 먹었다는 사실을 알게 되고는 앙투아네트와 더 멀어지게 된다. 오베아는 다른 이산종교인 부두, 후두, 칸돔블레 등과 닮은 점이 있지만, 다른 점도 있는 종교이자 신념체계이다.

오베아의 가장 큰 특징은 다른 이산종교가 미국이나 스페인 같은 나라의 식민국가에서 형성된 것과는 다르게, 영국의 식민지 경험이 있는 국가에서 행해지던 종교라는 점이다. 『강바닥에서』의 배경이 되고 있는 곳은 카리브 해의 앤티가(Antigua)이다. 『드넓은 사르가소 바다』에서 오베아 종교는 사랑하는 사람의 사랑을 되찾기 위해 사용되었고, 로체스터는 그런 오베아 관습을 자신을 해치려는 미개인이 의지하는 흑마술로 인식한다.

『강바닥에서』에 나타난 오베아적 요소는 크게 변신과 정체성 추구, 남을 해하는 주술과 다른 사람이 자신을 해하는 주술을 걸었을 때 이를 막아내는 것과 관련이 있다. 이 작품에는 "재블리세" (jablesse)라는 초자연적 형상이 등장한다. 재블리세는 한국의 민담에 등장하는 여성과 닮은 점이 있으며, 비 오는 날 공동묘지에서 볼 수 있다고 전해지는 혼불 덩어리와 비슷한 점이 있다. 이 작품에서 재블리세는 여성의 형상을 하고 나타나며, 여러 동물들의 형체로 자신의 몸을 변형시킬 수 있으며, 뱀처럼 여러 번 허물을 벗는 존재로 등장한다.

모리슨이 자신의 작품에 흑인 전설과 민담을 포함시키듯이, 킨케이드도 자신의 할머니와 어머니가 믿었던 여러 오베아 관습을 작품에 기입하고, 오베아적 의식과 생활상에 대해서 상세하게 반복해서 다루고 있다. 이 작품에서 어린 소녀에게 어떤 행동을 하지 말라고 강요하는 소녀의 어머니는 소녀가 극복해야 할 존재이자 의지하고 싶은 존재가 되기도 하며, 두려운 존재가 되기도 한다. 또한 어머니의 훈계를 통해 소개되는 그 당시의 생활규범과 예의범절은 카리브 해를 식민화한 영국의 예절을 나타내기도 한다. 이 작품에서 어머니는 화자에게 "매춘부"(slut, 4)가 되지 않기 위해 음식을 먹거나 걸을 때 조심하라고 계속해서 충고한다. 언뜻 보면 예절을 지키지 않는 딸에게 올바르게 행동하라고 말하며 예절교육을 시키는 것 같지만, 어머니의 말은 영국 식민주의자가 원주민들을 교화시키는 것처럼 들리기도 하고, 딸의 생존을 위해 식민주의자의 요구대로 딸을 교육시켜야 하는 것으로 해석되기도 한다. 이 작품에서 화자의 어머니는 복합적인 역할을 하고 있는데 어머니의 말과 어머니의 존재는 화자를 오베아와 관련된 세상과 연결시키는 촉매의 역할을 한다.

「어둠 속에서」("In the Night")에서 킨케이드는 재블리세에 대해 다음과 같이 묘사하고 있다.

분뇨를 치우는 남자들은 여러 나무 안에서 걸어 다니는 한 마리의 새를 볼 수 있다. 그것은 새가 아니다. 그것은 허물을 벗고 비밀스런 적들의 피를 마시려고 길을 가고 있는 여성이다. 그것은 나무로 만든 집의 한쪽 모퉁이에 허물을 남겨둔 여성이

다. 그것은 히비스커스에 있는 벌꿀들을 보고 감탄하는 분별 있는 여성이다. (6-7)

체스넛의 『여자 마법사』에서 노예제도의 억압 때문에 남녀 등 장인물들이 새나 동물로 변신해 사랑하는 사람을 만나고, 도망 노 예를 잡으러 온 백인들을 골탕 먹이듯이, 이 작품에 등장하는 재블 리세도 새를 포함하여 여러 동물로 변신한다. 위 인용문에서 재블 리세는 새에서 여성으로 변신한다. 재블리세는 마치 뱀처럼 여러 번 허물을 벗기도 하고, 자신이 적이라고 생각하는 사람들의 피를 들이키는 뱀파이어(vampire)를 닮은 인물이다.

재블리세 외에도 이 작품에는 유령과 귀신에 대한 언급이 반복 적으로 등장한다. 유령이나 망자의 혼령은 "점비"(jumbee)로 불리 고 재블리세와 비슷한 인물로는 "수쿠야"(soucouyant)로 불리는 마 녀가 있다(Braziel 60). 작품에 등장하는 혼령으로는 장의사 스트라 피 씨(Mr. Straffee)가 있다. 그와 관련된 일화로는, 저승에서 돌아온 여성의 영혼이 불평을 늘어놓던 남자를 쳐다보며 소리를 내는 일이 소개된다. 그 남자는 저승에서 온 여성의 영혼 때문에 계속 고열에 시달린다(7). 이 외에도 럼주를 손에 든 지샤드 씨(Mr. Gishard)가 있는데 그는 땅에 묻힌 날 입고 있던 흰색 양복을 입은 채 꽃이 만 개한 삼나무 밑에 서 있다(7).

킨케이드의 『강바닥에서』에는 카리브 해의 다양한 민담과 문화, 그리고 영국문화가 동시에 나타나고 있다. 킨케이드는 "존 밀튼의 작품과 성경을 즐겨 읽었고, 성경 가운데서는 4대 복음인 마태복음, 마가복음, 누가복음, 요한복음을 즐겨 읽었으며"(Paravisini-Gebert 50), 낙원·천국·뱀과 같은 주제는 이 작품을 포함해 킨케이드의 여러 작품 속에서 지속적으로 나타나고 있다. 이 같은 서구 백인문화적 요소는 킨케이드의 조상이 상징하는 토속문화와 섞이며, 반복되고 때에 따라서는 크레올화 되기도 한다.

식민지배 역사와 토착문화, 서구문학 전통과 구술전통이 뒤섞여 나타나는 킨케이드의 작품에서 재블리세에 대한 언급은 과거와 현재가 만나고 아프리카와 영국이 만나는 이산 공간의 특수성을 나타내는 것이다. 킨케이드는 「어둠 속에서」에서 혼불 덩어리와 같은 재블리세에 대해 사람들의 증언을 이용하여 다음과 같이 추가적인 정보를 제공한다.

"산에 있는 불은 뭐죠?"
"산에 있는 불? 아, 그건 재블리세야."
"재블리세라고요? 그런데, 재블리세가 뭐죠?"
"그건 어떤 존재로도 변신할 수 있는 사람이지. 그런데 눈 때문에 그것들이 진짜가 아니라고 말할 수도 있어. 눈이 등불처럼 빛나지. 너무 밝아서 직접 볼 수 없어. 네가 그것이 재블리세라고 말할 수 있는 것은 바로 그런 점 때문이지. 그것들은 산에 올라가서 돌아다니는 것을 좋아하지. 네가 예쁜 여자를

보게 된다면 조심해야 해. 재블리세는 늘 예쁜 여자처럼 보이
려고 애쓰거든." (8-9)

　킨케이드는 재블리세에 대해 설명하면서 조금씩 정보를 추가
하는 전략을 취하고 있으며, 이를 자연현상의 일부로 볼 수 있게 하
거나 재블리세가 아름다운 여성의 모습으로 변할 수 있다는 말을
하면서 해석의 여러 가능성을 열어 놓고 있다.

　『드넓은 사르가소 바다』에서 앙투아네트가 사랑의 묘약을 만들
어 로체스터에게 먹인 것처럼 이 작품에서도 가루약을 이용해서 사
람을 해치는 장면이 등장한다. 오베아에서 약물이나 가루약은 크게
두 가지 이유로 사용된다. 자신과 사랑하는 사람을 보호하고 다른
사람이 자신을 사랑하게 하는 것이 첫 번째 이유이며, 두 번째 이유
는 남에게 해를 끼치는 것이다. 네일러의 『마마 데이』에서 남을 해
하는 마술이 등장한 것처럼 이 작품에서도 타인을 해치는 데 주술이
사용되기도 한다. 킨케이드는 "다른 사람의 아기를 사산시키기 위해,
어떤 사람이 잠긴 문 밖에 무색 가루를 뿌리고 있다." (11)라는 말을
통해 오베아 주술이 남을 해치는 데 사용되고 있음을 알려준다. 이
같이 남을 해하기 위해 사용되는 물약과 가루약은 일상생활을 위한
것이 아닌 폭동과 저항, 반란, 살인을 위해서 사용되기도 했다.

　가루약과 물약은 카리브 해 국가들의 식민시기에 그곳의 지배
자인 백인에게 큰 공포감을 불러일으켰다. 아이티에서 부두교 사제

들과 신자들은 독으로 백인에게 보복을 하고 폭동이나 전쟁에서 독을 사용한 일이 많이 보고되었으며, 영국이 통치하던 여러 나라에서 이산종교에서 파생된 여러 종류의 독이 백인에게 항거하는 여러 폭동이나 반란에 사용되었다. 그렇기에 오베아에서 사용되는 독은 흑인뿐만 아니라 백인에게 공포를 불러일으키고 한편으로는 더 극악무도한 착취와 흑인 차별을 막아주는 방패가 되기도 하였다.

식민주의자들이 오베아에 실재에 대해서 처음 알았을 때 그들은 오베아 관습을 단순한 미신으로 생각하고, 이를 백인문화의 우월성을 상대적으로 돋보이게 하는 것이라고 여기면서 현지인들의 오베아 의식에 대해 별로 신경 쓰지 않았다. 하지만 카리브 해 여러 나라에서 오베아에서 사용되는 독이 반란, 백인 노예주 살해, 독립전쟁 등에 사용되면서 흑인들을 정신적으로 묶어주고 은밀한 무기로 사용되자 백인들은 철저하게 오베아를 탄압하고 오베아 의식을 불법으로 규정하였다(Braziel 55).

오베아와 관련된 백인식민주의자의 태도 변화를 생각해볼 때 킨케이드가 이 작품에서 오베아 의식이나 민담을 산포시키고 "계획적으로 재기억하는 행위"(Braziel 76)는 미신으로 격하되고 왜곡되어온 이산종교를 다시 끌어들여 그 의미와 역사를 다시 쓰는 것이라 할 수 있을 것이다.

킨케이드는 오베아에 토대를 둔 재블리세, 독약 외에도 흔히 백인들이 미신이라고 말하는 민담을 포함한 일들을 굳게 믿는다고 말하는데 이는 모리슨이 「기억, 창조, 그리고 글쓰기」에서 언급한 미신에 대한 긍정적인 진술과 유사하다. 킨케이드는 "만일 머리 위에 손을 올린 채 앉으면, 당신은 어머니를 죽일 것이다. 나는 많은 미신을 가지고 있다. 나는 모든 미신을 믿는다."(31)라는 주인공의 말을 통해 오베아에 관련된 사항들이 자신의 삶과 밀접한 관계가 있음을 강조하고 있다.

오베아와 관련된 또 다른 일화는 킨케이드의 다른 소설인 『애니 존』(*Annie John*)에 더욱 구체화된 모습으로 등장한다. 이 소설에서 애니는 아버지가 과거에 함께 살았던 다른 여자의 주술에 걸려 병으로 죽을 운명에 처하게 된다. 애니의 어머니는 애니가 아프자 백인 식민주의자의 서구의학 전통 속에서 교육을 받은 스티븐스 박사(Dr. Stephens)에게 비타민을 처방받기도 하고, 오베아 주술에 정통한 마 졸리(Ma Jolie)로부터 역겨운 냄새가 나는 약봉지를 잠옷 속에 묶어 두라는 처방과 물약을 받기도 하지만 효과를 거두지 못한다(Martin 16). 하지만 애니가 위험해지자 마 졸리보다 10배나 강한 힘을 가진 카리브계 인디언 출신의 외할머니 마 체스(Ma Chess)는 시간을 초월한 치료의식으로 애니가 다시 건강을 되찾을 수 있게 만든다.

마 체스는 도미니카에서 증기선이 다니지 않기로 되어 있는
날... "나는 몸을 옆으로 해서 작은 쉼표모양으로 몸을 구부려

서 눕곤 했고, 마 체스는 내가 들어갈 수 있는 더 큰 쉼표 모양
으로 내 곁에 눕곤 했다"(126) ... 오베아인 외할머니는 앤티가
섬이 콜럼버스에 의해 발견되기 이전의 과거 및 아프리카의 문
화전통과 연관된다. ... 애니는 어머니/제국의 힘을 통해서가
아니라 식민지 이전의 원주민의 문화적 뿌리와 전통을 통해 재
탄생하고 있고, 그곳에서 창조력의 원천을 얻고 있음을 보여준
다. (정은숙 309)

『애니 존』에서 죽어가던 애니를 살린 할머니는, 모리슨의『낙
원』의 마지막 장면에 등장하는 인물들을 연상시킨다.『강바닥에서』
의 한 장인「나의 어머니」("My Mother")와 모리슨의『낙원』의 상징
적인 마지막 장면은 상호 텍스트적인 관계를 맺고 있다. 모리슨은
소설의 마지막 장면을 어떤 여성의 무릎에 머리를 두는 여성과 주
변 상황을 묘사하며 끝을 내고 있다. 킨케이드도「나의 어머니」에
서 주인공이 어머니의 무릎에 앉아 있는 장면을 등장시키고 있다.
리자베스 파라비시니-게버트(Lizabeth Paravisini-Gebert)는 이 장면
에 대해 다음과 같이 설명하고 있다.

많은 변신 후 마지막 변신에서 그녀의 어머니는 어부들이
풍성한 노획물과 함께 자신들의 고향으로 돌아갈 수 있게 도움
을 주는 아프로-카리브의 신인 예마자로 변한다. ... 딸은 어머
니의 "거대한 무릎"에 편하게 앉아 있는 것처럼 보인다. ... 그
녀와 어머니는 하나가 된다. (78)

파라비시니-게버트는 어머니가 아프로-카리브계 신인 예마야로 변한다고 말하고 있지만 이는 칸돔블레의 예멘자 여신과 연결되는 것이다. 카리브 해 지역에서 예마야로 불리는 신은 브라질에서 예멘자로 불리는데, 발음과 철자법이 다를 뿐 그들의 역할은 동일하다. 그들의 역할은 대모의 역할, 바다의 수호신, 어린이의 수호자로 요약될 수 있다. 이들의 존재는 아프리카와 신세계를 연결하는 것이며, 노예무역이 이루어진 여러 장소들에서 이산종교가 비슷한 유형으로 생겨났음을 입증하는 것이다.

오베아는 킨케이드 작품의 복잡한 모녀관계 속에서 반복적으로 등장하면서 모녀관계의 화해를 암시하는 장면에서도 의미 있는 역할을 한다. 이 작품에서 볼 수 있는 주요 주제 가운데 하나가 모녀관계이다. 『강바닥에서』에 등장하는 모녀관계는 단순한 모녀관계를 벗어나 식민상황하에서 딸의 온전한 생존을 위해 딸의 행동규범을 강조하는 어머니와, 그런 어머니의 이해되지 않는 행동을 의아해하고 오해하는 딸의 갈등을 포함하는 관계이다.

겉으로 딸에게 엄격한 규칙을 강요하는 것처럼 보이는 어머니의 행동은 카리브 해 지역의 현실과 온전한 생존을 위한 고민을 반영하고 있다. 어머니는 딸에게 식민지 상황에서도 잘 살아갈 수 있는 대안의 삶을 강요하지만 딸은 어머니의 본심을 이해하지 못하고 오해하며, 화자는 자신의 어머니를 재블리세라고 생각하기도 한다.

엄마가 생각하기에 사회적으로 용인되는 패턴으로 딸의 활동
과 관심, 행동을 변화시키려는 어머니의 노력에, 정작 딸은 자
신의 모습을 도마뱀, 뱀, 괴물로 변신하라고 요청하는 엄마를
재블리세라고 생각한다. (Lizabeth 82)

이 작품에서 화자는 재블리세의 변신력에 매혹되면서도 그 존
재를 마녀 혹은 무서운 존재로 여긴다. 이산종교나 이산종교의 상
징, 신에 대해 화자가 이중적인 잣대로 평가하는 것은 화자가 영국
식민지 교육과 기독교의 영향으로 인해 이산종교를 보고 혼란스러
워 하고 있음을 드러낸다. 그렇기에 이 작품에서 이산종교에 대한
화자의 태도 변화는 탈식민, 정체성 회복과 밀접한 관계를 나타낸
다.

모리슨이나 에이미 탠(Amy Tan)의 작품에 등장하는 모녀관계
가 그렇듯이 이 작품에서도 반목과 불신, 공포와 위협을 수반하는
모녀관계는 화해를 이루는 것으로 끝이 난다. 이 작품의 주인공은
이해되지 않는 어머니의 조언을 점차 이해하면서 자신의 정체성을
확고하게 만든다.

이 작품에서 끝을 장식하는 「강바닥에서」는 주인공의 정체성
형성, 오베아를 포함한 민담세계의 이해, 모녀관계의 화해와 이해
가 이루어지는 중요한 장이다. 모리슨의 『낙원』에서 "창문"과 "달
걀"로 상징되던 화해와 가능성이 『강바닥에서』는 각 방향으로 창이

나있는 집으로 제시된다. 킨케이드는 그 집을 다음과 같이 묘사하고 있다.

> 그 집은 사방으로 창문이 나있었고 문이 하나 있었다. 문과 창문들이 모두 열려 있었지만 나는 그 안에 있는 것은 아무것도 보지 못했다. 나는 안에 있는 것을 보고 싶은 마음이 없었다. (75)

안토니아 맥도널드-스마이드(Antonia MacDonald-Smythe)는 여주인공이 강바닥에서 보게 되는 집을 킨케이드의 관점과 연결시키며, 작품의 끝부분에서 주인공은 더 폭넓은 관점으로 세상을 보게 되었다고 강조한다.

> 이 장소는 안티구아 세계를 환영한다. 그리고 사방으로 난 네 개의 창문은 글자 그대로나 비유적으로 킨케이드가 도달하게 되는 폭 넓은 관점을 가리키며, 넓은 자연을 향해 열려 있다는 것을 나타낸다. (43)

맥도널드-스마이드가 강조한 "폭 넓은 관점"(wide-lens perspective)은 안티구아를 점령했던 백인 식민주의자의 관점도, 원주민을 개종시키기 위해 토속종교나 믿음체계를 탄압한 기독교도의 관점도 아닌 새로운 관점을 의미한다. 제너 에반스 브라지엘(Jana Evans Braziel)

은 킨케이드의 관점을 '초월미학적 렌즈'(transaesthetic lens)라는 용어로 설명한다(76).

킨케이드가 작품의 끝부분에서 강조하는 관점으로 볼 때 오베아 종교와 기독교, 안티구아와 서구는 이분법적으로 구분되는 것이 아니라 서로 섞이며 크레올화 되어 서로 적대적인 관계에서 공존과 공생의 관계로 변하게 된다. 이 작품에서 자주 등장하는 허물을 벗는 뱀도 폭 넓은 관점으로 이해할 경우 다르게 해석될 수 있다. 뱀은 "서양문학사에서는 사악함과 간교한 지혜를 의미한다. 그러나 루시의 꿈에 보였던 뱀은 카리브 민속신앙에서 드러나는 뱀신 담발라(Damballa)를 의미한다"(Emery 269, 재인용 이현주 181).

킨케이드의 작품에 등장하는 뱀신인 담발라는 와이드먼의 소설 제목『담발라』와 연결이 되며, 기독교 문명 이전의 뱀에 대한 관념과 아프리카의 종교의식에서 뱀이 신성한 존재로 여겨지던 시대를 상기시킨다. 이 작품에서 "재블리세는 자신의 껍질을 벗으면 어떤 장소로도 자유롭게 이동할 수 있고, 어떤 존재로도 변할 수 있다"(MacDonald-Smythe 36). 이는 오베아 종교의 가장 두드러진 특징이라 할 수 있는 다양한 변신을 강조하는 것이다. 체스넛의 작품에서 노예제의 제약을 뛰어넘기 위해 노예들이 짐승이나 식물, 나무로 변할 수 있었듯이 킨케이드의 작품에서도 생존을 비롯한 여러 가지 목적을 위해 흑인들은 어떤 모습으로든 변할 수 있다.

킨케이드는 어떤 존재로든 변할 수 있는 능력을 가진 재블리세를 통해 이를 주인공의 정체성과 연결시키며, 이 작품에서 "마법 (conjure)은 중심적인 힘이 된다"(Simmons 35). 마법과 오베아는 『강바닥에서』를 통해 묘사되는 카리브 해 지역의 복합적인 현실인식을 대변하고 있다. 현실과 환상이 공존하는 카리브 해 지역에 사는 사람들의 세계관을 담고 있는 오베아는 식민지배기간 동안 기독교의 영향을 받으며 가톨릭의 수호성인을 자신들이 믿는 아프리카 신과 동일시하기도 하였다. 자네티 마틴(Janette Martin)은 오베아 신앙 체계에 대해 다음과 같이 설명한다.

> 그 체계는 신이 꼭대기에 있고 그 아래에 하늘과 땅, 전쟁과 동일시되는 더 낮은 신들이 있는 피라미드 형태이다. 그리고 그들 아래에는 조상들의 영혼과 가족, 부족, 씨족 같은 사회단체의 지도자들이 있다. (8)

기독교와 오베아의 체계가 비슷했기 때문에 카리브 해 지역 흑인들은 자신들의 생존을 위해 두 종교의 관습을 뒤섞어 1685년 루이 14세가 공표한 흑인 법전(Code Noir)과 여러 혹독한 인종차별적 상황들을 버텨낼 수 있었다. 흑인 노예제도를 정당화시킨 루이 14세가 공표한 흑인 법전에 따르면 흑인들은 가톨릭만 믿어야 했고, 가톨릭과 관련된 교육을 받아야 했다. 이 법에 의하면 농장주는 자신이 원하는 만큼 흑인들에게 폭력을 행사할 수 있었다.

이 같은 종교 강요에서 이산종교는 그들의 생존과 관련된 역할을 하였고, 출신이 서로 다른 여러 부족의 흑인 노예들에게 하나의 "연결고리나 ... 절묘한 고향"(Martin 10)의 역할을 하기도 하였다. 모리슨을 포함한 많은 흑인 작가들의 소설에서 고향과 같은 장소를 찾기 위한 끊임없는 탐색이 다루어져 왔다. 강제로 떠나온 고향인 아프리카로 돌아가는 방안과 가장 고향 같은 공간으로 이주하는 방안, 그리고 자신이 사는 곳을 고향과 비슷한 환경으로 변화시키는 방법들이 제시되었다. 킨케이드의 소설에 등장하는 오베아와 관련된 세계관과 민담, 전설이 편견이나 미신으로 격하되지 않는 세계는 주인공들이 살고 있는 곳을 고향과 비슷한 환경으로 만드는 여러 노력 가운데 하나라고 할 수 있다.

이 작품에서 무수한 존재로 변신하는 재블리세는 킨케이드의 정체성, 더 나아가서 이 소설의 주인공인 화자의 변화하는 정체성을 상징하며, 작가의 글쓰기와 정체성 찾기로 확장된다. 『강바닥에서』에 등장하는 소녀는 작품의 끝에 가서 자신이 두려워하던 오베아가 등장하는 환경을 받아들이고, 자신에게 있어 두려움의 대상이자 닮고 싶고 사랑하고 싶던 어머니와 화해를 이루며 어머니를 이해하게 된다. 작품의 마지막 장인 「강바닥에서」는 변화된 소녀에 대해 다음과 같이 묘사한다.

나는 땅과 바다위에 서 있었다. 그리고 나는 과거에 내가 알고 있던 내 자신이 아니라는 것을 깨달았다. 나는 살과 피, 근육,

뼈, 조직, 세포, 중요 기관으로 만들어 진 것이 아니라 내 의지
로 만들어졌다. 그리고 나는 완전하게 내 의지를 통제한다. (79)

지금까지 소설의 주인공은 어머니와 재블리세를 두려워했다.
하지만 위 인용문을 통해서도 알 수 있듯이 화자는 자신의 의지를
강조하면서 자기존중과 자기신뢰를 이루었으며 흔들리지 않은 존재
가 되었다고 말한다. 이 작품에서 소설의 주제와 주인공의 정체성
형성과 밀접한 관련을 맺고 있는 것이 빛이다. 작품에서 빛은 재블
리세의 붉은 불덩어리, 햇빛, 달빛 등을 통해 반복적으로 등장한다.
「강바닥에서」에 등장하는 빛은 더 깊은 의미를 부여하면서 그
동안 제시된 막연한 빛의 은유에서 구체적인 은유로 발전된다.

나는 마치 내가 하나의 투명하고, 다면으로 된 프리즘인 것처
럼 서있었다. 빛이 나에게로 비치면 그것을 굴절시키고 반사한
다. 그 빛은 절대 파괴될 수 없는 빛이다. ... 그런데 내가 서있
던 빛은 무엇인가? ... 나는 램프 빛 속에 이런 것들을 본다. ...
그런 다음 나는 이것들이 내 것이라고 말한다. 그리고 지금 나
는 내 자신이 더 견고하고 완전하게 자라는 것을 느낀다. 내
이름이 내 입 속을 가득 채운다. (80-82)

흑인문학에서 명명하기(naming)는 정체성 확립과 깊은 관계를
맺는다. 킨케이드는 원래 이름이 일레인 포터 리처드슨(Elaine Potter

Richardson)이었다(Simmons 37). 킨케이드가 리처드슨에서 킨케이드로 이름을 바꾼 것처럼, 이 작품에서 계속 방황하던 인물이 자신의 이름을 내뱉고 자신의 의지를 뚜렷하게 표출하는 여성으로 변화한다. 다면체로 된 프리즘은 변화된 킨케이드와 이 작품의 화자를 상징하는 것으로써 빛이 이 물체에 와 닿으면 굴절되고 반사된다. 프리즘이 빛의 영향을 받지 않고 온전하게 있을 수 있듯이, 화자도 온전한 생존을 이루며 반사시키거나 굴절시켜야 할 것은 굴절시킬 것이다.

킨케이드는 오베아와 관련된 일화를 소개하면서 기독교를 믿는 영국식민주의자의 세계관과 오베아의 민담과 신념, 주술이 거론되는 세계관을 뒤섞는다. 그리고 식민지에서 딸을 식민주의자들의 기준에 맡게 키워야 하는 어머니와 그 딸이 겪는 갈등을 소개하며 재블리세와 관련된 일화들이 그들 사이에서 어떤 반복을 낳았는지에 대해서 묘사함과 동시에 다양한 오베아 일화가 제시된다. 이 작품을 통해서 화자는 오베아에 대해 처음에는 두려워 하지만 점차 주술과 변신을 이해하고, 오베아의 가장 두드러진 특징인 변신을 실천하고, 자신의 정체성을 강화시킨다.

『강바닥에서』는 자서전 성격이 강한 작품으로 킨케이드는 "자신의 실생활의 일부이자, 기억뿐만 아니라 무의식 속에 깃들어 있던 오베아"(Martin 5)와 관련된 일화들을 글로 쓰면서 자신의 정체성을 확고히 하고, 성숙해지고 독립적인 자아를 발견하게 되는 것이다. 이 작품에서 킨케이드는 오베아의 가장 큰 특징이라 할 수 있는 변신과 변형을 반복적으로 다루면서 이를 주인공의 변신으로 연결시키고 있다. 작품의 끝에 가서 주인공은 뱀으로 변신하기도 하고, 다면체 프리즘으로 변신하기도 한다. 킨케이드는 "식민주의 자의 마니교적 이분법 담론"(Braziel 60)을 와해시키고, "이산 공간을 창조"(Braziel 76)하기 위해 오베아의 치유적인 속성을 정체성 확립과 주인공의 생존과 연결시킨다.

킨케이드의 『강바닥에서』는 다른 흑인 소설에서 독자들이 잘 접할 수 없는 오베아를 소개시켜 오베아의 변신/변형의 미학을 통해 이산종교의 또 다른 가능성을 강조하고 있다.

결 론

지금까지 살펴본 다양한 이산종교의 회귀를 다루는 아프리카계 미국작가들의 소설들은 시대와 지역 별로 차이가 있지만 정체성 형성, 생존, 치유적 속성에 있어서는 공통점을 가지고 있다. 이 책에서 살펴본 작가들의 글쓰기는 백인 중심적인 문학사에서 악마의 종교로 낙인찍힌 이산종교를 여러 번, 전방위적으로 옹호하는 전략이자 노예제도와 노동력 착취를 위해 교묘히 왜곡된 종교문제를 둘러싼 여러 기획들을 고발하는 끊임없는 종교/문학작품 올바르게 쓰기의 역사였다.

아이티, 온두라스, 미국, 프랑스, 서인도제도, 카리브 해 등에

서 볼 수 있는 이산종교 탄압과 관련하여 우리는 한국무속의 탄압
사를 통해서도 비슷한 점을 발견할 수 있다. 한국의 풍습과 고유
신념체계가 담겨 있는 무속은 시대에 따라 이산종교와 비슷하게 탄
압을 받고 제국주의자의 이익을 위해 평가절하 당해야 했다. 일본
이 한국을 지배했을 때 많은 무당들은 일본정부로부터 차별과 억압
을 당해야 했다. 이와 관련해서 우리는 전통적인 종교와 기독교의
충돌을 다룬 김동리 같은 한국작가들의 작품에서 서구종교와 토착
종교 혹은 신념체계의 충돌과 수용 그리고 화해를 읽을 수 있다.29)
또한 서론에서도 언급한 바 있는 황석영의 『손님』은 공산주의와 기
독교 문화라는 손님을 주체적인 해석 없이 받아들인 한국사람들의
생존을 제시하면서 기독교 신자이지만 제사를 지내는 등장인물을
통해 종교와 문화의 섞임과 대화적인 관계를 강조하고 있다.

　　일본이 한국을 지배할 때 일본정부는 무속을 더 나은 문화를
위해 타파해야 할 구시대 유물로 여겼고, 무속을 미신타파운동과
관련지었다. 그리고 마을 공동체를 묶어주고 항일운동의 혼이 된
마을 굿 등을 폐지하면서 한편으로는 저항의 불꽃을 없애기 위해
이를 문명의 발전과 연결시키기도 했다. 이 같은 예는 아이티의 역
사와 함께 한 부두교 탄압과 닮은 점이 있다. 그것은 체제전복과
저항의 싹을 자르고 공동체 정신과 문화적 얼을 파괴하기 위한 지

---

29) 한국문학작품을 무속과 연결시킨 연구는 백지영의 「한국 소설에 나타난 무속
　　연구」와 윤효선의 「한국 현대소설의 '무' 수용 양상 연구」를 참고할 것.

배세력의 고도로 체계적인 탄압정책이었다. 그들은 진화론 등 과학의 시대적 신개념을 등에 업고, 미신·식인관습·성적인 일탈·저주·부적·좀비와 같은 가장 비과학적이고 과장된 왜곡을 통해 그 나라의 고유한 혼과 문화를 파괴하였다. 아이티에 가톨릭이 들어와서 부두교를 탄압한 것처럼 서양종교들의 활발한 유입도 더욱 더 한국의 토속종교와 의식을 하찮은 것으로 만들었다.

오늘날 한국에서는 대표종교인 기독교, 불교, 유교 외에도 여러 종교가 있다. 하지만 많은 사람들이 정통종교에 의지하면서도 그들의 운을 알아보거나 신들림에서 벗어나거나 조상 영혼의 기복을 위해 무당을 찾고 있다. 어떤 의미에서 무속과 무당은 한국의 전통적인 기상과 관련된 귀중한 자산을 가지고 있다. 또한 무속과 관련된 자료와 서사는 전 세계적으로 공통점을 가진다. 무속의 일부 양상은 아프리카계 미국인의 이산종교와 닮은 점도 있다. 그리고 문학에서 이산종교나 무속을 다루는 작품들이 반복적으로 끊임없이 나타나는 것은 또 다른 의미를 지니고 있다.

한 국가의 종교적 관행이나 문화의식은 그 자체의 의미와 중요성을 지니고 있기에 어떤 다른 목적이나 도구로 사용될 수 없다. 또한 어떤 목적을 위해 종교·의식·문화를 내부관찰자의 눈이 아닌 외부관찰자 혹은 관광객의 눈으로 보거나, 서구 제국주의자들이 유색인종의 지배를 용이하게 하기 위해 왜곡시킨 문화상품을 무비판적인 받아들이는 것은 한 국가의 근간을 뒤흔드는 일이 될 것이다.

아프리카계 미국인의 이산종교는 노예제도와 함께 시작되었다. 많은 아프리카인들은 강제로 자신들의 모국인 아프리카에서 포획되어 모국을 떠나야 했다. 그들은 모국을 떠나오며 모국의 신념과 문화, 그리고 종교적인 관습을 새로운 땅에 함께 가지고 왔다.

그 결과 노예들이 도착하는 곳마다 다채롭고 혼합적인 종교가 형성되었다. 엄밀히 말하자면 세 종류의 종교가 시작되었는데 첫 번째는 가장 아프리카적인 종교였고, 두 번째는 아프리카적인 요소와 토착적인 요소가 섞인 종교였고, 마지막 유형은 아프리카적인 요소가 적고 토착적인 요소가 더 많은 종교였다. 이런 종교의 주된 목적은 치유와 공동체의 단결이었다. 상해를 제외한 치유와 공동체의 단결은 수많은 흑인들의 정신과 육체를 치유하는 것과 관계가 있었다. 현대 의학의 관점에서 보면 이산종교 지도자들은 약초 전문가나 한의사와 같은 역할을 함과 동시에 정신과 의사의 역할을 하면서 남의 나라로 끌려와 강제노동을 하며 원수의 종교를 강요받는 많은 흑인들을 정신분열에서 구해주었다.

노예들은 자아가 흩어지고 뿌리 뽑힌 나무와 같은 처지에서 이들 이산종교에서 그들의 문화와 전통을 잃지 않고 생존할 수 있는 힘과 전략을 발견할 수 있었다. 또한 가혹한 노동과 인종차별을 한평생 감내해야 한 흑인들은 이산종교 의식에서 경험하는 신들림 현상을 겪으면서 백인의 종교가 줄 수 없는, 뿌리를 내리고 조상과 고향의 문화와 연결된 듯한 경험을 할 수 있었다. 또한 백인의 문화와는 달리 조상에 대한 합당한 공경이 흑인의 문화에서는 굉장히 강조되었는데, 흑인들은 기독교에서 중요하게 생각하지 않는 죽은 조상공경을 이산종교를 통해서 이어나갈 수 있었다. 이런 양상은 아이티에서 발견할 수 있다. 아이티의 부두교는 아프리카 종교와 가톨릭의 혼합 형태인데 아이티 사람들은 가톨릭 체제 안에서 자신의 아프리카적 전통과 종교의식을 고스란히 간직하고 있다. 때로 이런 종교모임과 의식은 봉기로 이어지기도 했다.

지금까지 이산종교와 관련된 많은 문화상품들이 등장했다. 영화와 문학작품은 이런 이산종교가 해롭고 시대에 맞지 않다는 것을 누누이 강조해왔다. 하지만 그런 문화상품들은 교묘하게 제국주의자의 욕망과 인종우월주의자의 우월감을 숨기고 있었다. 위르봉은 "윌리엄 B. 시브룩의 유명한 작품인 『마술의 섬』(1929)은 오늘날까지 서구의 상상계에 좀비[살아 있는 시체], 주술, 인간 제물을 제공해온 영화의 모태가 된다."(158)고 말하며 "1932년 최초의 신화적인 미국 공포영화 〈하얀 좀비〉가 상영되었는데, 이 영화의 시나리오는 바로 『마술의 섬』을 근거로 한 것이다."(158-9)라고 말한다.

억눌린 이산종교의 꾸준한 회귀는 다양한 의미를 지닌다. 첫째, 문학과 문화 전반에 다양한 대안적인 비전과 프리즘을 부여한다. 둘째, 기존의 질서, 스테레오타입과 종교에 간섭하고 따지고 물으며 한 문화의 온전한 생존을 위한 새로운 목소리를 부여한다. 셋째, 사람들에게 그들의 조상의 지혜와 유머를 상기시키고 주류집단의 역사, 문화, 권력에 문제를 제기함으로써 문학정전에 간섭한다. 넷째, 백인 유럽인과 미국인들에 의해서 과대 포장되고 상업적인 상품으로 전락했던 이산종교와 관련된 문화, 문학, 영화, 민속지학 연구에 드리워진 교묘한 베일을 찢어내고 다양한 이산종교의 치유력과 가능성을 드러내는 역할을 한다. 마지막으로, 억눌린 이산종교의 회귀는 대체 치유체계와 새로운 삶의 방식, 그리고 상호이해의 더 폭넓은 지평선을 제공하며 공존과 상생의 길을 제시하고 있다.

지금까지 체스넛, 허스턴, 네일러, 와이드먼, 리드, 모리슨, 킨케이드의 작품 속에 나타난 다양한 억눌린 이산종교 다양한 회귀에 대해 살펴보았다. 이 책의 서론에서도 이야기했듯이 위에서 언급한 작가들 외에도 이산종교와 관련된 작품을 쓴 작가로는 마셜(Paule Marshall), 로드즈(Rhodes), 마리즈 꽁데(Maryse Conde), 낼로 홉킨슨(Nalo Hopkinson) 등이 있다. 또한 이 책에서 다룬 허스턴의『그들의 눈은 신을 쳐다보고 있었다』를 흑인남성의 시각에서 다시 쓴 아서 플라워스(Arthur Flowers)의『또 한 곡의 좋고 사랑스러운 블루스』(*Another Good Loving Blues*)는 허스턴의 소설을 긍정적으로 개작한 작품이다. 플라워스는 허스턴의 소설에서 간접적으로 나타난 후두교와 여자 마법사를 작품의 핵심적인 요소로 끌어들인다. 또한 플라워스의 소설에 허스턴이 직접 등장하기도 하고, 소설의 많은 부분이 허스턴의 작품과 비슷하지만 결말을 완전히 다르게 제시한다. 이 작품의 주인공인 멜비라(Melvira)는 마법사인 동시에 침례교도이다. 플라워스의 『또 한 곡의 좋고 사랑스러운 블루스』에 나오는 멜비라의 스승인 더 후트아울(The Hootowl)은 이 책에서 다룬 여러 등장인물들이 합쳐진 인물처럼 보인다. 그는 "아이티, 쿠바, 자메이카를 포함해 아프리카 후손들이 사는 여러 항구들로 여행을 하며 부두, 산테리아, 오베아 의식에 참여한다"(Pollard 72).

캐나다 아동문학 작가인 윌리엄 벨(William Bell)의 『바위들』(Stones)에도 이산종교와 관련된 내용이 등장한다. 이 작품의 주인공인 가넷(Garnet)은 150년 전에 마을에서 일어난 비극에 대해서 알게 되는데, 그것은 아이티에서 온 어떤 여자가 이산종교를 행한다는 이유로 핍박을 받은 일이었다. 벨은 150년 전에 일어난 일과, 취재를 하기 위해 동티모르로 간 주인공의 어머니가 그곳의 근본주의자들로부터 공격을 받는 상황을 대비시키면서 종교적 편협함을 재조명하고 있다.

한국학자들이 마셜과 꽁데를 분석한 글을 찾아볼 수 있는데 노종진 교수의 「폴 마샬(Paule Marshall)의 『미망인을 위한 찬가』-전설, 제례, 기억을 통한 재생」과 김정숙 교수의 「마리즈 꽁데의 "가로로 통하는" 글쓰기: 『나, 티튜바, 쎄일럼의 검은 피부 마녀』 연구」는 후속 연구를 위한 좋은 지침이 될 것이다.

이들 작가 외에도 흑인 문학의 초기 형태라고 할 수 있는 노예서사를 이산종교라는 주제와 연결시켜 연구하는 것도 의미가 있을 것이다. 앞에서 인용한 바 있듯이 해밀턴은 웰스 브라운(Wells Brown), 빕(Bibb), 그라임스(Grimes), 노스럽(Northup), 소저너 트루스(Sojourner Truth)의 작품에 대한 초자연적인 요소에 대해 언급한 적이 있다(440).

그리고 이산종교와 관련된 또 하나의 연구과제는 미국 흑인소설과 한국계 미국소설 혹은 한국소설에 나타난 무속과 비교 연구하는 것이다. 특히 한국계 미국소설의 경우, 무속이나 민담을 다룬 국문학과 차이를 보이고 있으며 한국이 아닌 곳에서 한국의 전통문화를 보는 시각은 또 다른 의미를 파생시킬 것이다. 한국계 미국소설가 가운데 무속과 관련된 작가로는 타이 박(Ty Pak)의 『죗값』(*Guilt Payment*), 하인츠 인수 펭클(Heinz Insu Fenkle)의 『내 유령 형의 기억들』(*Memories of My Ghost Brother*) 등이 있다. 한국문학작품은 앞에서도 이야기한 김동리, 황석영의 작품들과 무당인 부모의 흔적을 찾아 여행을 떠나는 한승원의 『불의 딸』 등이 있다.

문학에 나타난 이산종교의 역할은 흑인문학·미국문학·한국문학·한국계 미국문학 외에도 세계문학 속에 나타난 이산종교와 관련된 글·음악·미술 연구로도 확대될 수 있을 것이며, 이와 함께 영화·약초학·지역학 등을 포함시키는 학제적인 연구로도 확대할 수 있을 것이다.

참고문헌

김광순. "Flying without Leaving the Ground: Liberation into the Master's House in Ishmael Reed's *Flight to Canada* and Toni Morrison's *Tar Baby*." 『현대영미소설』 18권 2호 (2011): 129-53.

김명자. 「Zora Neale Hurston의 자아추구: *Their Eyes Were Watching God*을 중심으로」. 『영어영문학』 36권 3호 (1990): 491-513.

김민회. 「*Mumbo Jumbo*에 나타난 Ishmael Reed의 서구 사상 비판 연구 ─다문화주의적 관점에서─」. 연세대학교 대학원 석사논문, 2003.

김병철. 「흑인문학의 전통의식」. 『영어영문학』 3권 (1955): 189-223.

김상현. 「August Wilson의 *The Piano Lesson*: 엑소시즘에 의한 통합」. 『영어영문학 연구』 47권 4호 (2005): 93-111.

김성곤. 『포스트모던 소설과 비평』. 서울: 열음사, 1993.

──────. 「미국문화의 다문화주의와 탈식민주의─이슈마엘 리드」. 『미국 현대 문학』. 서울: 대우학술총서, 1997.

김애주. 「『패러다이스』(*Paradise*)에 나타난 유토피아 비전과 역사적 인식」. 『현대영미소설』 6권 1호 (1999): 189-201.

김융희. 『예술, 세계와의 주술적 소통』. 서울: 책세상, 2000.

김정숙.「마리즈 꽁데의 "가로로 통하는" 글쓰기:『나, 티튜바, 쎄일럼
　　　의 검은 피부 마녀』연구」.『현대영미소설』12권 1호 (2005):
　　　81-104.

김형준.「제12장. 문화현상으로서의 종교」. 한국문화인류학회.『처음
　　　만나는 문화인류학』. 서울: 일조각, 2003: 232-55.

네이버 백과사전 (http://100.naver.com/100.nhn?docid=812192)

노종진.「폴 마샬(Paule Marshall)의『미망인을 위한 찬가』-전설, 제례,
　　　기억을 통한 재생」.『영어영문학 연구』48권 1호 (2006):
　　　105-26.

더글라스, 메리. 유제분 & 이훈상 공역.『순수와 위험』. 서울: 현대미학
　　　사, 1997.

류대영.『미국종교사』. 서울: 청년사, 2007.

박병규.「아이티의 종교적 혼종성 :역사적 전개와 그 양상」.『국제지역
　　　연구』10권 1호 (2006): 181-203.

박주현「"제스 그루는 삶이다":『멈보 점보』에 나타나는 분열적 혁명」.
　　　『미국소설』18권 2호 (2011): 133-56.

백지영.「한국 소설에 나타난 무속 연구」. 세종대학교 박사학위논문,
　　　2009.

살망, 장 미셸. 은위영 역.『사탄과 약혼한 마녀』. 서울: 시공사, 1995.

신진범.「신후두(Neo-Hoodoo) 미학과 이슈마엘 리드의『멈보 점보』」.
　　　『벨로우-맬라머드 연구』3권 (1999): 301-26.

_____.「토니 모리슨의『낙원』에 나타난 다층적인 서술전략 연구」.『현
　　　대영미소설』9권 2호 (2002): 123-43.

_____.「아프리카계 미국소설에 나타난 억눌린 이산종교의 회귀: 찰스
　　　체스넛, 조라 닐 허스턴, 토니 모리슨, 이슈마엘 리드, 글로리

아 네일러의 작품을 중심으로」.『영어영문학 연구』48권 2호 (2006): 205-22.

_____.「토니 모리슨의『타르 베이비』: 온전한 생존의 탐색」.『영어 영 문학 연구』50권 1호 (2008): 207-21.

_____.「원혼의 해원(解冤): 토니 모리슨의『빌러비드』와 황석영의『손 님』」.『영어영문학 연구』51권 4호 (2009): 279-95.

유종선.『미국사 100장면』. 서울: 가람기획, 1995.

유제분.「메리 더글라스의 오염론과 문화 이론」.『현상과 인식』70 (1996): 47-63.

윤효선.「한국 현대소설의 '무' 수용 양상 연구」. 성균관대학교 박사학 위논문, 2006.

와이즈먼, 보리스 & 주디 그로브스. 박지숙 역.『레비-스트로스』. 서울: 김영사, 2008.

위르봉, 라에네크. 서용숙 역.『부두교: 왜곡된 아프리카의 정신』. 서울: (주)시공사, 1997.

이창신.「악의 개념과 젠더정치 : 17세기 뉴잉글랜드 지방의 마녀사냥」. 『미국사연구』13 (2001): 1-27.

이현주.「자메이카 킨케이드의『루시』에 나타난 탈식민 이산」.『영어영 문학21』19권 2호 (2006): 177-201.

정은숙.「자메이카 킨케이드의『애니 존』에 나타난 어머니/식민지 본국 의 비체화」.『영어영문학』57권 2호 (2011): 285-314.

주경복.『레비스트로스: 슬픈 열대와 구조주의자의 길』. 서울: 건국대학 교출판부, 1996.

천승걸.「Charles W. Chesnutt의 작품 세계: 미국 흑인문학의 이해를 위 한 시론」.『영어영문학』72권 (1980): 109-140.

최진영. 「The Power of Language in *Their Eyes Were Watching God*」. 『중앙영어영문학』 5호, 2000.

츠네오, 아야베 편저. 최광식 감수. 김인호 옮김. 『문화 인류학의 명저 50』. 서울: 자작나무, 1999.

『한국 세계 대백과 사전』. 서울: 동서문화, 1995.

Baker, Jr. Houston. *Modernism and the Harlem Renaissance*. Chicago: U of Chicago P, 1990.

_____. "Generational Shifts and the Recent Criticism of Afro-American Literature." Ed. Angelyn Mitchell. *Within the Circle: An Anthology of African American Literary Criticism from the Harlem Renaissance to the Present*. London: Duke UP, 1994.

Bent, Geoffrey. "Less Than Divine: Toni Morrison's *Paradise*." *The Southern Review* 35.1 (1999): 145-49.

Bloom, Harold. Ed. *Bloom's Modern Critical Views: Jamaica Kincaid, New Edition*. New York: 2008, Infobase Publishing.

Bonetti, Kay. "An Interview with Gloria Naylor." *Conversation with Gloria Naylor*. Ed. Maxine Lavon Montgomery. Jackson: UP of Mississippi, 2004. 39-64.

Braziel, Jana Evans. "*Jablesse*, Obeah, and Caribbean Cosmogonies in *At the Bottom of the River*." *Caribbean Genesis: Jamaica Kincaid and the Writing of the New World*. Albany: State U of New York P, 2009. 53-77.

Brooks, Bouson J. ""He's Bringing Along the Dung We Leaving Behind": The Intergenearational Transmission of Racial Shame and Trauma in *Paradise*." *Quiet As It's Kept: Shame, Trauma,*

And Race in The Novels of Toni Morrison, New York: State University of New York Press, 2000. 191-216.

_____. *Jamaica Kincaid: Writing Memory, Writing Back to the Mother.* New York: State University of New York Press, 2005.

Brown, Karen McCarthy. *Mama Lola: A Vodou Priestess in Brooklyn.* LA: California UP, 1991.

Brown, Rosellen. "Review of *Mama Day.*" *Gloria Naylor: Critical Perspectives Past and Present.* Ed. Henry Louis Gates, Jr. New York: Amistad, 1993. 23-5.

Byerman, Keith E. "Voodoo Aesthetics: History and Parody in the Novels of Ishmael Reed." *Fingering the Jagged Grain: Tradition and Form in Recent Black Fiction.* London: U of Georgia P, 1985.

_____. *John Edgar Wideman: A Study of the Short Fiction.* New York: Twayne Publisher, 1998.

Cash, Wiley. ""Those Folks Downstairs Believe in Ghosts": The Eradication of Folklore in the Literature of Charles W. Chesnutt." *CLA Journal* 49.2 (2005): 184-204.

Chesnutt, Charles W. *The Conjure Woman.* 1899. Ann Arbor: U of Michigan P, 1969.

Christian, Barbara. "'The Past is Infinite': History and Myth in Toni Morrison's Trilogy." *Social Identities* 6.4 (2000): 411-23.

Chireau, Yvonne. "Conjure and Christianity in the Nineteenth Century: Religious Elements in African American Magic." *Religion and American Culture: A Journal of Interpretation* 7.2 (1997): 225-46

_____. *Black Magic: Religion and the African American Conjuring Tradition*. Los Angeles: U of California P, 2003.

Church, Joseph. "In Black and White: The Reader's Part in Chesnutt's "Gray Wolf's Ha'nt"." *ATQ* 13.2 (1999): 121-36.

Collins, Derek. "The Myth and Ritual of Ezili Freda in Hurston's *Their Eyes Were Watching God*." *Western Folklore* 55 (1996): 137-54.

Cutter, Martha J. "The Story Must Go On and On: The Fantastic, Narration, and Intertextuality in Toni Morrison's *Beloved* and *Jazz*." *African American Review* 34.1 (2000): 61-75.

Dalley, Jan. "Black Legends." Rev. of *Paradise*. *New Statesman* 127.4386 (22 May 1998): 56-9.

Dalsgard, Katrine. "The One All-Black Town Worth the Pain: (African) American Exceptionalism, Historical Narration, and the Critique of Nationhood in Toni Morrison's *Paradise*." *African American Review* 35.2 (2001): 233-48.

Day, Frank. Ed. *Jamaica Kincaid (Twayne's United States Authors Series)*. New York: Twayne Publishers, 1994.

Erickson, Peter. ""Shakespeare's Black?": The Role of Shakespeare in Naylor's Novels." *Gloria Naylor: Critical Perspectives Past and Present*. Ed. Henry Louis Gates, Jr. New York: Amistad, 1993. 231-48.

Felton, Sharon and Michelle C. Loris. "Gloria Naylor." *Conversations with Gloria Naylor*. Ed. Maxine Lavon Montgomery. Jackson: UP of Mississippi, 2004. 138-50.

Gates, Jr. Henry Louis. "The Blackness of Blackness: A Critique of the

Sign and the Signifying Monkey." *Black Literature & Literary Theory*. Ed. Henry Louis Gates, Jr. New York: Routledge, 1984. 285-321.

_____. *The Signifying Monkey: A Theory of Afro-American Literary Criticism*. Oxford: Oxford UP, 1988.

_____. & Nellie Y. McKay eds. *The Norton Anthology of African American Literature*. New York: Norton, 1997.

Gleason, William. "Chesnutt's Piazza Tales: Architecture, Race, and Memory in the Conjure Stories." *American Quarterly* 51.1 (1999): 33-77.

Goldner, Ellen J. "Other(ed) Ghosts: Gothicism and the Bonds of Reason in Melville, Chesnutt, and Morrison." *MELUS* 24.2 (1999): 59-83.

Griffin, Farah Jasmine. "Introduction in "*Who set you flown'?*" *The African-American Migration Narrative*." *African American Literary Criticism, 1773 to 2000*. Ed. Hazel Arnett Ervin. New York: Twayne Publishers, 1999. 423-32.

Hamilton, Cynthia S. "Revisions, Rememories and Exorcism: Toni Morrison and the Slave Narrative." *Journal of American Studies* 30.3 (1999): 429-45.

Henson, Josiah. *The Life of Josiah Henson: Formerly A Slave*. Boston: Arthur D. Phelps, 1849.

Herman, Elizabeth. "Snake Symbolism in "Jonah's Gourd Vine"." Mar 23, 2011.
〈http://www.suite101.com/content/snake-symbolism-in-jonahs-gourd-vine-a361265〉

Hubbard, Lee. "Ishmael Reed on the Rampage." *American Visions* 13.2 (1988): 27-30.

Hurston, Zora Neale. *Mules and Men*. New York: Harper Perennial, 1990.

_____. *Tell My Horse: Voodoo and Life in Haiti and Jamaica*. New York: Harper & Row P, 1990.

_____. *Their Eyes Were Watching God*. 1937. New York: Harper & Row, 1990.

Jessee, Sharon. "The "Female Revealer" in *Beloved*, *Jazz* and *Paradise*: Syncretic Spirituality in Toni Morrison's Trilogy." Ed. Shirley A. Stave. *Toni Morrison and The Bible: Contested Intertextualities*. New York: Peter Lang, 2006. 129-58.

Johnson, Carol Sin. "The Limbs of Osiris: Reed's 'Mumbo Jumbo' and Hollywood's 'The Mummy.'" *MELUS* 17.4 (1991): 105-16.

Jones, Gayl. "From 'The Quest for Wholeness': Re-imagining the African-American novel: An Essay on Third World Aesthetics." (Excerps from the Novel). *Callaloo* 17.2 (1994): 507-19.

Kakutani, Michiko. "Wary Town, Worthy Women, Unredeemable Men." Rev. of *Paradise*. *New York Times* 6 (January 1998): B8.

Kearly, Peter R. "Toni Morrison's *Paradise* and the Politics of Community." *Journal of American & Comparative Cultures* 23.2 (2000): 9-16.

Khaleghi, Manboobeh. "Female Leadership in Gloria Naylor's Novels: Bloodmothers, Othermothers, and Community Othermothers." *Journal of the Social Sciences* 26.2 (2011): 131-8.

Kim, Junyon. "The Aesthetic Oscillation between Neo-Hoodooism and Multiculturalism in Ishmael Reed's *Mumbo Jumbo.*" *Studies in Modern Fiction* 12.1 (2005): 195-226.

Kim, Min-Jung. "Expanding the Parameters of Literary Studies: Toni Morrison's *Paradise.*" *English Language and Literature* 47.4 (2001): 1017-40.

Kincaid, Jamaica. *At the Bottom of the River.* New York: Farrar, Straus and Giroux, 2000.

Krumholz, Linda J. "Reading and Insight in Toni Morrison's *Paradise.*" *African American Review* 36.1 (2002): 21-34.

Leavis, L. R. "Current Literature 1998," *English Studies* 4 (2000): 358-67.

Lefever, Harry G. "When the Saints Go Riding in: Santeria in Cuba and the United States." *Journal for the Scientific Study of Religion* 35.3 (1996): 318-330.

Lenz, Günther H. "Ishmael Reed." Eds. Hedwig Bock and Albert Wertheim. *Essays on The Contemporary American Novel.* München: Max Hueber Verlag, 1986.

Lindroth, James. "Images of Subversion: Ishmael Reed and the Hoodoo Trickster." *African American Review* 30.2 (1996): 185-93.

Lowe, John. "Monkey Kings and Mojo: Postmodern Ethnic Humor in Kingston, Reed, and Vizenor." *MELUS* 21.4 (1996): 103-23.

MacDonald-Smythe, Antonia. "Authorizing the Slut in Jamaica Kincaid's *At the Bottom of the River.*" Bloom, Harold. Ed and Intro. *Jamaica Kincaid.* New York: Bloom's Literary Criticism, 2008. 31-51.

McFatter, Susan. "From Revenge to Resolution: The (R)evolution of Female Characters in Chesnutt's Fiction." *CLA Journal* 42.2 (1998): 194-211.

Martin, Janette. "Jablesses, Sourcriants, Loups-garous: Obeah as an Alternative Epistemology in the Writing of Jean Rhys and Jamaica Kincaid." *World Literature Written in English* 36.1 (1997): 3-29.

Martin, Matthew R. "The Two-Faced New South: The Plantation Tales of Thomas Nelson Page and Charles W. Chesnutt." *Southern Literary Journal* 30.2 (1998): 17-36.

Matory, J. Lorand. "Introduction." *Black Atlantic Religion: Tradition, Transnationalism, and Matriarchy in the Afro-Brazilian Candomble.* Princeton: Princeton UP, 2005. 1-37.

_____. "The "Cult of Nations" and the Ritualization of Their Purity." *South Atlantic Quarterly* 100.1 (2001): 171-214.

Métraux, Alfred. Voodoo in Haiti. 1959. New York: Schocken Books, 1972.

Montgomery, Maxine. "Finding Peace in the Middle: Authority, Resistance, and the Legend of Sapphira Wade in Gloria Naylor's *Mama Day.*" *CLA Journal* LII.2 (2008): 153-69.

Morgan, Winifred. "Gender-Related Difference in the Slave Narratives of Harriet Jacobs and Frederick Douglass." *American Studies* 35.2 (1994): 73-94.

Morrison, Toni. "Memory, Creation, and Writing." *Thought* LIX.235 (1984): 385-90.

_____. *Paradise*. New York. Knopf, 1998.

Myers, Jeffrey. "Other Nature: Resistance to Ecological Hegemony in Charles W. Chesnutt's *The Conjure Woman*." *African American Review* 37.1 (2003): 5-20.

Naylor, Gloria. *Mama Day*. New York: Vintage Books, 1993.

Neal, Larry. "The Black Arts Movement." Ed. Angelyn Mitchell. *Within the Circle: An Anthology of African American Literary Criticism from the Harlem Renaissance to the Present*. London: Duke UP, 1994.

Olmos, Margarite Fernandez & Lizabeth Paravisini-Gebert, Ed. *Sacred Possessions: Vodou, Santeria, Obeah, and the Caribbean*. New Brunswick, N. J.: Rutgers UP, 2000.

Page, Philip. "Furrowing All the Brows: Interpretation and the Transcendent in Toni Morrison's *Paradise*." *African American Review* 35.4 (2001): 637-49.

Paravisini-Gebert, Lizabeth. *Jamaica Kincaid: A Critical Companion*. Connecticut: Greenwood Press, 1999.

Peach, Linden. *Toni Morrison*, New York: St. Martin's Press. 2000.

Perry, Donna. "Gloria Naylor." *Conversation with Gloria Naylor*. Ed. Maxine Lavon Montgomery. Jackson: UP of Mississippi, 2004. 76-104.

Pollard, Deborah Smith. "African-American Holyground in *Another Good Loving Blues*." *CLA Journal* XLIV.1 (2000): 65-87.

Reed, Ishmael. *Flight to Canada*. New York: Atheneun, 1989.

_____. *Mumbo Jumbo*. New York: Scribner Paperback Fiction, 1972.

_____. "The Writer as Seer: Ishmael Reed on Ishmael Reed." *Black World* 23.8 (1974): 20-34.

Renda, Mary A. *Talking Haiti: Military Occupation & the Culture of U. S. Imperialism, 1915-1940.* Chapel Hill: U of North Carolina P, 2001.

Rizzo, Frank. "Yo', Harriet." *American Theater* 13, February 1996.

Ruas, Charles. "Toni Morrison." Ed. Danille Taylor-Guthrie. *Conversation with Toni Morrison.* Jackson: UP of Mississippi, 1994. 93-118.

Ryan, Judylyn S & Majozo, Estella Conwill. "*Jazz* ... on "The Site of Memory"." *Studies in the Literary Imagination* 31.2 (1998): 25-152.

Savory, Elaine. ""Another Poor Devil of a Human Being ...": Jean Rhys and the Novel as Obeah" Ed. Olmos, Margarite Fernandez & Lizabeth Paravisini-Gebert. *Sacred Possessions: Vodou, Santeria, Obeah, and the Caribbean.* New Jersey: Rutgers UP, 2000. 216-30.

Selinger, Eric. ""Aunts, Uncles, Audience": Gender and Genre in Charles Chesnutt's *The Conjure Woman.*" *Black American Literature Forum* 25.4 (1991): 665-89.

Shin, Jinbhum. "Rewriting/ Righting His(S)tory: A Study of Literary Revision in *The Life of Josiah Henson: Formerly A Slave, Uncle Tom's Cabin* and *Flight to Canada.*" *Journal of American Studies* 32.2 (2000): 501-19.

Shockley, Evelyn E. "*Paradise.*" Rev. of *Paradise. African American Review* 33.4 (1999): 718-19.

Simmons, Diane. *Jamaica Kincaid.* New York, Twayne Publisher, 1994.

Smith, Brenda R. "Voodoo Imagery, Modern Mythology and Female Empowerment in Zora Neale Hurston's *Their Eyes Were Watching God.*" *Women Writers* August, 2008. ⟨http://www.womenwriters.net/aug08/Voodoo%20Imagery.htm⟩

Snead, James A. "Repetition as a Figure of Black Culture." *Black Literature and Literary Theory.* Ed. Henry Louis Gates Jr. New York: Routledge, 1990. 59-79.

Stein, Rachel. "Remembering the Sacred Tree: Black Women, Nature and Voodoo in Zora Neale Hurston's *Tell My Horse* and *Their Eyes Were Watching God.*" *Women's Studies* 25 (1996): 465-82.

Stepto, Robert B. *From Behind the Veil: A Study of Afro-American Narrative.* Chicago: U of Illinois P, 1991.

Southerland, Ellease. "The Influence of Voodoo on the Fiction of Zora Neale Hurston." *Sturdy Black Bridges: Visions of Black Women in Literature.* Ed. Roseanne Bell. New York: Anchor, 1979. 172-83.

Stephen, Selka. "Rural Women and the Varieties of Black Politics in Bahia, Brazil." *Black Women, Gender & Families* 3.1 (2009): 16-38.

Storhoff, Gary. "'The Only Voice is Your Own': Gloria Naylor's Revision of *The Tempest.*" *African American Review* 29 (1995): 35-45.

Stowe, Harriet Beecher. *Uncle Tom's Cabin.* New York: A Signet Classic, 1966.

Tally, Justine. *Paradise Reconsidered: Toni Morrison's (Hi)stories and Truths.* LIT. Hamburg: LIT Verlag. 1999. (FORECAAST [Forum

for European Contributions to African American Studies];
Volume 3)

Terry, Jennifer. "A New World Religion? Creolisation and Candomble in Toni Morrison's *Paradise*." Ed. Shirley A. Stave. *Toni Morrison and The Bible: Contested Intertextualities*. New York: Peter Lang, 2006. 192-214.

Tucker, Lindsey. "Recovering the Conjure Woman: Texts and Contexts in Gloria Naylor's *Mama Day*." *African American Review* 28.2 (1994): 173-88.

Tuttle, Tara. "Spirited Women: Conjure and Female Empowerment in Jewell Parker Rhodes' *Voodoo Dreams* and Toni Morrison's *Song of Solomon*." *Women Writers*. August 2008. ⟨http://www.womenwriters.net/aug08/tuttle.htm⟩

White, Jeannett S. "Baring Slavery's Darkest Secrets: Charles Chesnutt's *Conjure Tales* as Masks of Truth." *Southern Literary Journal* 27.1 (1994): 85-103.

Wideman, John Edgar. *Damballah*. New York: Vintage, 1988.

Widdowson, Peter. "The American Dream Refashioned: History, Politics and Gender in Toni Morrison's *Paradise*." *Journal of American Studies* 35.2 (2001): 313-35.

Zamir, Shamoon. "An Interview with Ishmael Reed." *Callaloo* 17.4 (1994): 1130-58.

찾아보기

[ㄱ]

가톨릭 성인 … 29, 94, 137

가톨릭 … 17, 29, 50, 82, 131, 136, 168, 175

「강바닥에서」 … 165, 169, 170

『강바닥에서』(At the Bottom of the River) … 27, 155, 163, 171

강신술(降神術) … 99

개종 … 83, 88, 98, 136, 149, 166

경청 … 87

고향 … 17, 29, 169, 176

과학적 인종주의 … 15

구술전통 … 159

구에데(Guede) … 26, 100, 114

『그들의 눈은 신을 쳐다보고 있었다』(Their Eyes Were Watching God) … 21, 24, 49, 51, 56, 73, 112, 178

글로리아 네일러(Gloria Naylor) … 22, 32, 50, 61, 68, 73, 90, 123, 132, 144, 147, 160, 178

기독교 … 23, 26, 29, 58, 63, 75, 82, 87, 94, 100, 128, 140, 145, 150, 165, 174

「기억, 창조, 그리고 글쓰기」("Memory, Creation, and Writing") … 150, 162

김동리 … 19, 174, 180

【ㄴ】

「나의 어머니」("My Mother") … 163

『낙원』(Paradise) … 27, 64, 66, 71, 126, 133, 136, 139, 141, 146, 151, 154, 163

『난 네 아저씨가 아니야: 새로 수정된 톰 아저씨의 오두막』(I Ain't Yo' Uncle: The New Jack Revisionist Uncle Tom's Cabin) … 99

『내 말에게 말해라: 아이티와 자메이카의 부두교와 생활상』(Tell My Horse: Voodoo and Life in Haiti and Jamaica) … 21

『내 유령 형의 기억들』(Memories of My Ghost Brother) … 180

낼로 홉킨슨(Nalo Hopkinson) … 178

너새니얼 호손(Nathaniel Hawthorne) … 68, 82, 127

『노새들과 인간들』(Mules and Men) … 21

『노예 소녀의 인생에서 일어난 사건들』(Incidents in the Life of a Slave Girl) … 98

노예무역 … 15, 105, 133, 164

노예반란 … 18

노예설화 … 20, 33, 112

노예시루 … 15

뉴올리언스(New Orleans) … 28, 48, 122

【ㄷ】

다문화주의(Multiculturalism) … 25, 77, 95, 100, 107, 122

닭 … 71-73

「담발라」 … 24, 83, 85, 87

『담발라』(Damballah) … 24, 80, 83, 167

대서양 중앙항로(middle passage) … 59, 68, 74, 87

더 후트아울(The Hootowl) … 179

독 … 62, 68, 161

『드넓은 사르가소 바다』(Wide Sargasso Sea) … 27, 96, 155, 160

『또 한 곡의 좋고 사랑스러운 블루스』(*Another Good Loving Blues*) ··· 178

[ㄹ]

라이언(Ryan) ··· 84
랑다(Rangda) ··· 13
래리 닐(Larry Neal) ··· 117
랠프 엘리슨(Ralph Ellison) ··· 109
레비스트로스(Claude Levi-Strauss) ··· 110
「레위기」 ··· 12
로버트 알렉산더(Robert Alexander) ··· 99
론(Lone) ··· 27, 65, 66, 128, 132, 148
루비(Ruby) ··· 27, 62, 66, 71, 126, 132, 139, 145, 151
루이 14세 ··· 168
루쿠미(Lucumi) ··· 17
르와(Loa) ··· 21, 26, 50, 52, 54, 71, 82, 94, 137
리자베스 패러비시니-기버트(Lizabeth Paravisini-Gebert) ··· 32
리처드 라이트(Richard Wright) ··· 115, 118

[ㅁ]

마 체스(Ma Chess) ··· 162, 163
마가라이트 페르난데즈 올모스(Margarite Fernandez Olmos) ··· 32
마거릿 미첼(Margaret Mitchell) ··· 96
마녀 집회 ··· 82
마리즈 꽁데(Maryse Conde) ··· 178, 179
마마 데이(Mama Day) ··· 62, 64, 66, 71, 75, 130
『마마 데이』(*Mama Day*) ··· 22, 50, 61, 66, 69, 74, 144, 160
마법 ··· 20, 31, 34, 45, 59, 71, 77, 111, 115, 125, 149, 168
『마술의 섬』 ··· 177

마야 데렌(Maya Deren) ··· 81

마을 굿 ··· 174

마커스 가비(Marcus Garvey) ··· 106

마쿰바(Macumba) ··· 17

『멈보 점보』(*Mumbo Jumbo*) ··· 19, 24, 93, 100, 108, 112, 121, 141

메리 더글러스(Mary Douglas) ··· 12

메리 A. 렌다(Mary A. Renda) ··· 33, 95

멜비라(Melvira) ··· 179

모녀관계 ··· 155, 164, 165

『모더니즘과 할렘 르네상스』(*Modernism and The Harlem Renaissance*) ··· 107

모세 ··· 25, 71, 104, 108, 110, 115

『무녀도』··· 19

무당 ··· 14, 29, 128, 132, 174, 180

무속신앙 ··· 13, 19

문학과 의학 ··· 143

미군의 아이티 점령 ··· 15, 33

미신타파운동 ··· 19, 33, 63, 174

민간신앙 ··· 28, 154

민담 ··· 20, 22, 34, 41, 48, 59, 78, 125, 150, 161, 169, 180

민족중심주의(Ethnocentrism) ··· 101, 109

[ㅂ]

『바람과 함께 사라지다』(*Gone with the Wind*) ··· 96

『바람은 이미 사라졌다』(*The Wind Done Gone: A Novel*) ··· 96

바롱(Barong) ··· 13

『바위들』(*Stones*) ··· 179

뱀 ··· 22, 28, 37, 58, 82, 156, 159, 167, 172

뱀파이어(vampire) ··· 158

베노이트 배트라빌(Benoit Battraville) ··· 105, 106

「베키 자매의 아이」("Sis' Becky's Pickaninny") … 37, 42, 46

변신 … 20, 28, 34, 39, 43, 54, 131, 154, 158, 163, 167, 171

『보이지 않는 인간』(*Invisible Man*) … 109, 120

부두교(Voodoo) … 15, 20, 25, 31, 48, 54, 61, 71, 78, 90, 100, 117, 125, 136, 141, 160, 174

『부두교: 왜곡된 아프리카의 정신』 … 82

『부두교의 꿈들』(*Voodoo Dreams*) … 65

「불쌍한 샌디」("Po' Sandy") … 37, 42

브라질 … 27, 31, 94, 126, 131, 136, 140, 154, 164

『브루스터플레이스의 여자들』(*The Women of Brewster Place*) … 147, 149

블랙 허먼(Black Herman) … 105, 106, 115

『빌러비드』(*Beloved*) … 19, 39, 45, 71, 87, 126, 144

[ㅅ]

산테리아(Santeria) … 17, 31, 133, 136, 179

상흔 … 27, 41, 87, 134, 139, 142, 145

새 … 43, 158

생존전략 … 16, 30, 150

샹고(Shango) … 17, 31

세드(Sethe) … 88, 144

세트(Set) … 25, 100, 104, 108, 110, 115

소저너 트루스(Sojourner Truth) … 34, 180

『손님』 … 19, 174, 180

『솔로몬의 노래』(*Song of Solomon*) … 26, 55, 65, 88

수녀원 … 27, 126, 131, 138, 145, 154

수쿠야(soucouyant) … 158

『순수와 위험』(*Purity and Danger*) … 12

스테레오타입 … 96, 99, 177

『신성한 기수들: 아이티의 부두교 신들』 … 81

『신성한 신들림: 보두, 산테리아, 오베아, 그리고 카리브 해』(*Sacred Possessions: Vodou, Santeria, Obeah, and the Caribbean*) … 32

신후두 미학(Neo-Hoodoo Aesthetic) … 25, 93, 101, 106, 112, 122

씻김굿 … 19, 144

[ㅇ]

아미리 바라카(Amiri Baraka) … 115, 117

아서 플라워스(Arthur Flowers) … 178

아이비리그(Ivy League) … 102

『아이티 차지하기: 1915-1940년의 미국제국주의의 군사점령 및 문화』(*Taking Haiti: Military Occupation & Culture of U. S. Imperialism 1915-1940*) … 33

아이티(Haiti) … 15, 18, 21, 25, 31, 48, 62, 94, 98, 105, 121, 136, 160, 173

아톤주의자(Atonist) … 110, 116

알려지지 않은 형태들(forms of things unknown) … 115-117

앙투아네트(Antoinette) … 155, 160

『애니 존』(*Annie John*) … 162, 163

애도 … 17, 87, 153

앤티가(Antigua) … 163

앨리스 랜달(Alice Randall) … 96

앨리스 워커(Alice Walker) … 21

약초 … 44, 76, 132, 176

약초요법 … 18, 47

「어둠 속에서」("In the Night") … 157, 159

엉클 로빈(Uncle Robin) … 99

엉클 줄리어스(Uncle Julius) … 34, 35, 38, 41, 102

에이미 탠(Amy Tan) … 165

에질리(Ezili) … 50, 54, 58

『여자 마법사』(*The Conjure Woman*) … 20, 34, 37, 46, 78, 102, 144, 158

「영 굿맨 브라운」("Young Goodman Brown") … 82

영지주의(Gnosticism) … 26, 146

예마야 … 164

예멘자 … 153, 164

『예전에 노예였던 조사이어 헨슨의 삶』(*The Life of Josiah Henson: Formerly A Slave*) … 25, 96

오리샤 … 146, 153

오리온(Orion) … 83-86, 89, 91

오베아(Obeah) … 17, 27, 32, 48, 102, 133, 154, 160, 171, 179

오시리스(Osiris) … 25, 100, 102, 110, 116

『요나의 박넝쿨』(*Jonah's Gourd Vine*) … 21

요루바(Yoruba) … 29, 95, 119, 140, 146

원숭이 … 28, 114, 119, 151

웰스 브라운(Wells Brown) … 34, 180

위르봉 … 15, 18, 31, 56, 63, 71, 82, 177

윌로 스프링스(Willow Springs) … 63, 66, 69, 73, 77, 79

윌리엄 벨(William Bell) … 179

윌리엄 셰익스피어(William Shakespeare) … 61, 68, 74

윌리엄 B. 시브룩 … 177

유진 오닐(Eugene O'Neill) … 33

의미화 (Signifying) … 108, 113, 140

『의미화하는 원숭이: 아프리카계 미국문학 비평이론』(*The Signifying Monkey: A Theory of African-American Literary Criticism*) … 101, 119, 146, 150

이본 치리우(Yvonne P. Chireau) … 32, 40, 44, 149

이산종교(diasporic religion) … 11, 14, 16, 18, 23, 32, 47, 59, 77, 91, 110, 121, 125, 132, 133, 140, 150, 155, 172, 173

이슈마엘 리드(Ishmael Reed) … 19, 24, 30, 32, 62, 93, 101, 111, 121, 132, 141, 145, 178

이집트 신화 … 104

인공수정 … 65

『일곱 박공의 집』(*The House of the Seven Gables*) … 68

일레인 포터 리처드슨(Elaine Potter Richardson) … 170

[ㅈ]

자메이카 킨케이드(Jamaica Kincaid) … 27, 32, 154, 160, 167, 170, 178

자바(Java) … 13

재기억 … 119, 143, 161

재니(Janie) … 49, 51, 112

재블리세(jablesse) … 28, 156, 158, 160, 165, 171

『재즈』(*Jazz*) … 126, 143, 151

저스 그루(Jes Grew) … 25, 100, 107, 112, 115, 121

저주(fix) … 53, 175

점비(jumbee) … 158

정치적 올바름(Political Correctness) … 107

제국주의 … 101, 123, 140

제라드 맨리 홉킨스(Gerard Manley Hopkins) … 40

조라 닐 허스턴(Zora Neale Hurston) … 21, 31, 47, 54, 59, 73, 78, 91, 112, 123, 132, 144, 178

조사이어 헨슨(Josiah Henson) … 25, 96

조상 … 16, 56, 80, 90, 114, 118, 125, 133, 141, 154

조엘 챈들러 해리스(Joel Chandler Harris) … 36

조지 앤드루(George Andrews) … 62

존 에드거 와이드먼(John Edgar Wideman) … 24, 32, 61, 80, 83, 88, 123, 167, 178

좀비(zombie) … 18, 33, 54, 140, 175

종교일치운동 … 77

『죗값』(*Guilt Payment*) … 180

주술 … 20, 23, 36, 39, 54, 63, 70, 82, 129, 132, 149, 156, 171, 177

주술사 … 22, 25, 37, 43, 52, 58, 66, 102, 123, 129

주웰 파커 로드즈(Jewell Parker Rhodes) … 65, 178

중간지대 … 80

진 리스(Jean Rhys) … 27, 32, 96, 154, 155

진화론 … 15, 175

찔레 덤불 … 79, 80

[ㅊ]

찰스 체스넛(Charles Chesnutt) … 20, 31, 41, 60, 78, 91, 102, 123, 132, 144, 158, 167, 178

찰스턴(Charleston) … 79, 80

창문 … 151, 152, 165, 166

초월미학적 렌즈(transaesthetic lens) … 167

치유 … 18, 27, 44, 59, 77, 90, 102, 114, 131, 139, 145, 154, 173

치유적인 미학(therapeutic aesthetics) … 114

[ㅋ]

카리브 해 … 15, 28, 48, 54, 94, 117, 154, 161, 173

칸돔블레(Candomble) … 17, 26, 32, 125, 132, 144, 152, 164

『캐나다로의 탈주』(*Flight to Canada*) … 25, 30, 93, 96, 141

코코아(Cocoa) … 62, 68, 71, 75, 78, 80

콘솔라타(Consolata) … 27, 64, 128, 131, 136, 142, 153

콜라주(collage) … 104, 121

콜럼버스 이전 재단(Before Columbus Foundation) … 119

퀼트 … 59, 121, 132

클리퍼드 거츠(Clifford Geertz) … 13

[ㅌ]

『타르 베이비』(*Tar Baby*) ··· 69, 78

타이 박(Ty Pak) ··· 180

탑시(Topsy) ··· 98-99

토끼 발 ··· 43, 46

토니 모리슨(Toni Morrison) ··· 19, 24, 39, 77, 95, 125, 137

『토스의 책』(*The Book of Thoth*) ··· 102-104, 110, 115

『톰 아저씨의 오두막』(*Uncle Tom's Cabin*) ··· 25, 96, 100

트라우마 ··· 59

트릭스터(trickster) ··· 35-36, 46, 98, 119, 141, 146

[ㅍ]

파이데드(Piedade) ··· 152, 154

파일럿(Pilate) ··· 26, 60, 65, 130

파파 레이버스(PaPa LaBas) ··· 95, 100, 103, 110, 115, 119

패러디 ··· 74, 96, 100, 109, 127

『폭풍우』(*The Tempest*) ··· 61

표절 ··· 25, 96

프랑수아 마캉달(François Mackandal) ··· 18

프로이트(Sigmund Freud) ··· 117

프리즘 ··· 171, 177

[ㅎ]

〈하얀 좀비〉 ··· 177

하인츠 인수 펭클(Heinz Insu Fenkle) ··· 180

한국계 미국문학 ··· 180

할렘르네상스 ··· 49

함(Ham) … 14

해리엇 비처 스토(Harriet Beecher Stowe) … 25, 96

해리엇 제이콥스(Harriet Jacobs) … 98

해원(解冤) … 19

허리케인 … 56, 73

헨리 루이스 게이츠 2세(Henry Louis Gates Jr.) … 101, 112, 119, 146, 150

혈통 … 16, 35, 127

혼불 … 156, 159

혼성화(creolized) … 17

황석영 … 19, 174

『황제 존스』(*The Emperor Jones*) … 33

황해도 진오기굿 … 19

후두교(Hoodoo) … 17, 20, 32, 48, 59, 61, 75, 82, 90, 105, 122, 125, 132, 178

휴스턴 베이커 2세(Houston Baker Jr) … 107

흑마술 … 67, 156

흑인 법전(Code Noir) … 168

「흑인 예술 운동」("The Black Arts Movement") … 117

『흑인의 마술: 종교와 아프리카계 미국인의 주술 전통』(*Black Magic: Religion and the African American Conjuring Tradition*) … 31

히스테리(hysteria) … 116

▌지은이 **신진범**

중앙대 영문과를 졸업하고 동 대학원에서 「토니 모리슨의 『빌러비드』, 『재즈』, 『낙원』
연구—역사의 재조명과 다층적인 서술전략을 중심으로」로 영문학 박사학위를 받았다.
현대영미소설학회 편집이사, 한국중앙영어영문학회 총무이사를 역임했으며, 2015년
현재 미국소설학회 정보이사, 한국아메리카학회 편집이사, 19세기영어권문학회 총무,
영미문학교육학회 정보이사, 한국중앙영어영문학회 편집위원으로 활동 중이며, 서원대
학교 영어과 교수로 재직 중이다.
논문으로 「트라우마와 치유: 문학과 의학의 관점으로 읽는 토니 모리슨의 『고향』」
등이 있으며, 공동 저서로 『토니 모리슨』, 『현대 미국 소설의 이해』, 『영미노벨문학
수상작가론』, 『20세기 영국 소설의 이해 II』, 『미국 흑인문학의 이해』, *Encyclopedia
of Asian-American Literature*, 『영화로 읽는 영미소설 2: 세상이야기』 등이 있다.
옮긴 책으로는 토니 모리슨의 『가장 푸른 눈』, 『타르 베이비』와 『아시아계 미국 문학
의 길잡이』(공역), 『미국 문화의 이해』(공역), 『호주 문화학 입문: 문화 읽기와 쓰기』
(공역) 등이 있다.

아프리카계 미국소설과 이산종교

초판1쇄 발행일 2015년 2월 17일

지은이 신진범
발행인 이성모
발행처 도서출판 동인
주 소 서울시 종로구 혜화로3길 5 118호
등 록 제1-1599호
TEL   (02) 765-7145 / **FAX** (02) 765-7165
E-mail dongin60@chol.com
ISBN   978-89-5506-645-6
정가   16,000원
※ 잘못 만들어진 책은 바꿔 드립니다.